KB251388

운명은 하늘에 있지만
쓰임은 내게 있다

운명은 하늘에 있지만 쓰임은 내게 있다

펴 낸 날 2026년 4월 7일

지 은 이 한용희
펴 낸 이 이기성
기획편집 이서은, 최인용, 권희연
표지디자인 이서은
책임마케팅 이수영, 김정훈
펴 낸 곳 도서출판 생각나눔
출판등록 제 2018-000288호
주 소 경기도 고양시 덕양구 청초로 66, 덕은리버워크 B동 1708호, 1709호
전 화 02-325-5100
팩 스 02-325-5101
홈페이지 www.생각나눔.kr
이 메 일 bookmain@think-book.com

• 책값은 표지 뒷면에 표기되어 있습니다.
ISBN 979-11-7048-092-1 (03810)

운명은 하늘에 있지만 쓰임은 내게 있다

한용희

생각나눔

쓰디쓴
커피도
술도
인생보다
진하지 않다
인생의 진함은
스스로
인생이 정한다

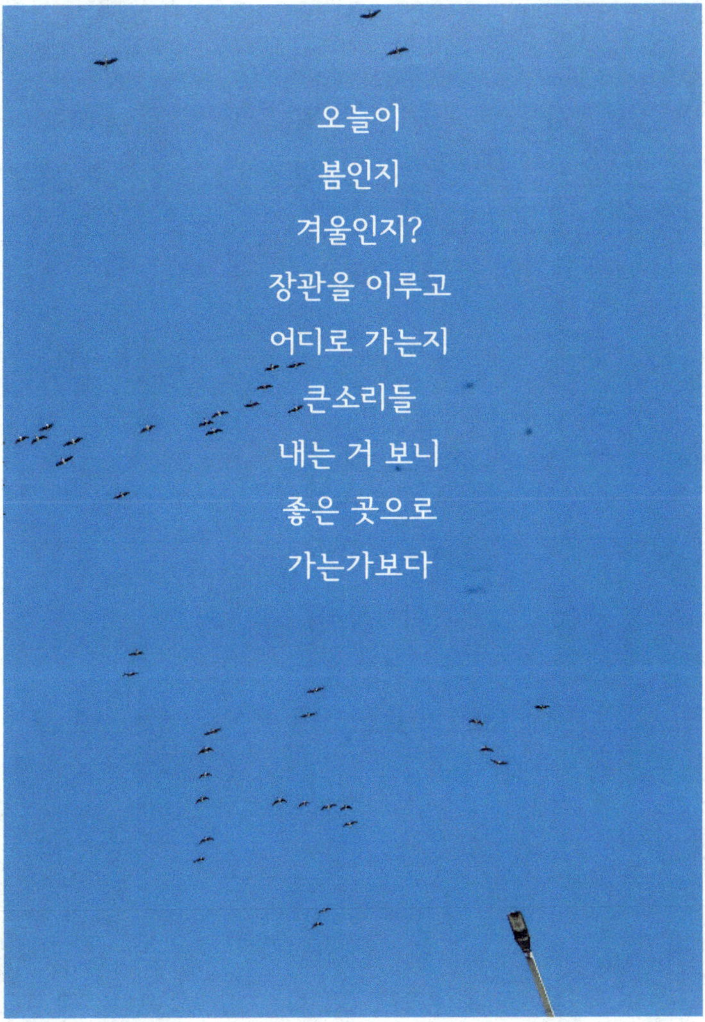

오늘이
봄인지
겨울인지?
장관을 이루고
어디로 가는지
큰소리들
내는 거 보니
좋은 곳으로
가는가보다

계절의 앙탈
단풍이 낙엽
되기 싫은 것처럼
끝내 겨울은
봄을 시샘하는
오늘…
찬 비바람 속에
똘망하게
섞인 봄바람을
어이하리!
이렇게
겨울은
가고 있다

한올 한올
봄비가
메마른 대지에
단비가 되어
서쪽부터
내리네~
촉촉이 스며들어
새싹은…
동쪽에서 비치는
햇살과 함께
꽃피어
나비를
부르리

산이 보고 싶어
산에 오다
역시 산은
나를 기다리고
있었네…
산은 높아야
산이다
산은 가팔라야
산이다
우리들의
인생도
산 같은 산을
올라
맨 꼭대기
봉우리의
희열을 느끼자

한꽃 한꽃
이름있으리…
하나하나
짝꿍 있으리
서로서로
손잡고
이름 부르며
날아가다가
대지에
안기다

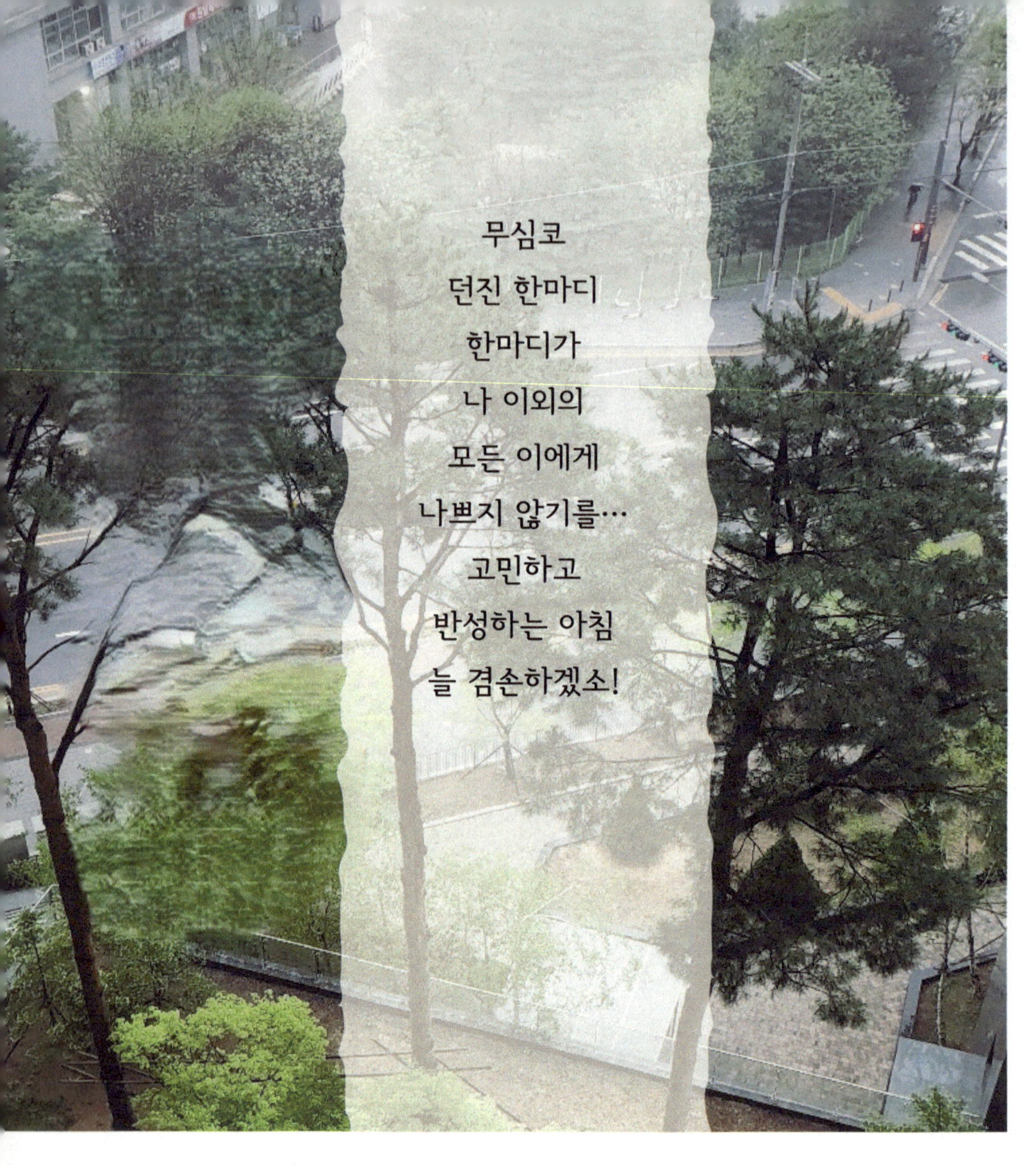

무심코
던진 한마디
한마디가
나 이외의
모든 이에게
나쁘지 않기를…
고민하고
반성하는 아침
늘 겸손하겠소!

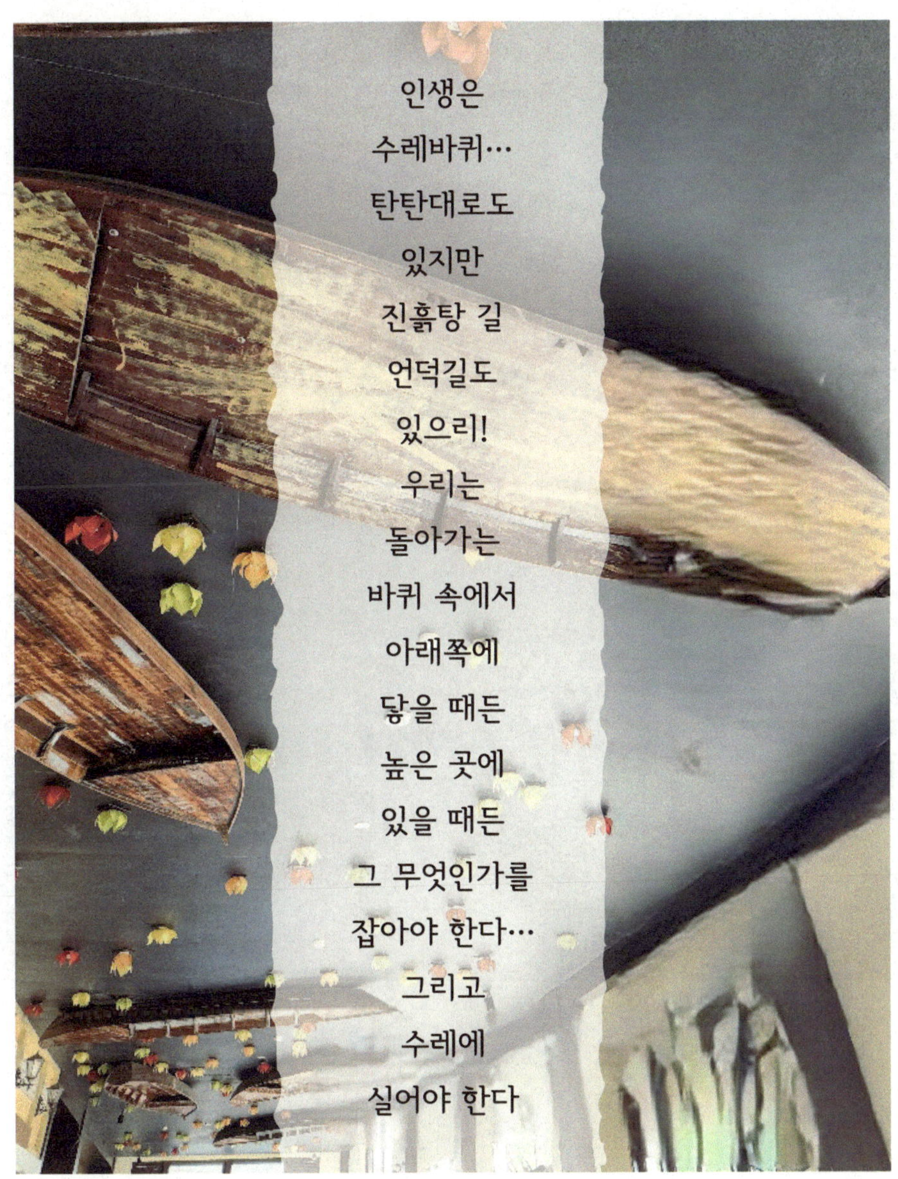

인생은
수레바퀴…
탄탄대로도
있지만
진흙탕 길
언덕길도
있으리!
우리는
돌아가는
바퀴 속에서
아래쪽에
닿을 때든
높은 곳에
있을 때든
그 무엇인가를
잡아야 한다…
그리고
수레에
실어야 한다

빨리 걷는 것보단
천천히 뛰는 것이
빠르긴 하더라!

그러나
누가 멀리 가고
누가 많이 가는 건
아직
모르겠다…
더 살아보고
느껴보고
말하리라

일찍 출근하고
먼저 인사하자
솔선 청소하자
출근, 인사, 청소는
직장인의 기본!
일을 못 하고
잘함은 그다음 문제…
어릴 적, 지금의
용희 생각, 소신~

잘못을

잘못했다는!

분명한 용기

용서는 강함

잘못과 용기를

이용하면

더 큰 잘못이다

일터에서
이 일 할까
저 일 할까
망설이면
굶음뿐이고
전쟁터에서
이놈 죽일까
저놈 죽일까
망설이면
죽음뿐이다

노동의
고통 없이
쾌락은
없다!

한쪽의 꺾인 나무가
의미를 가지게 된다…
아팠으리!
소나무의 마음을
알고 싶다
아마 무지 넓은 마음일
거다
우리의 인생사도
다치고 아프더라고
이 나무처럼…

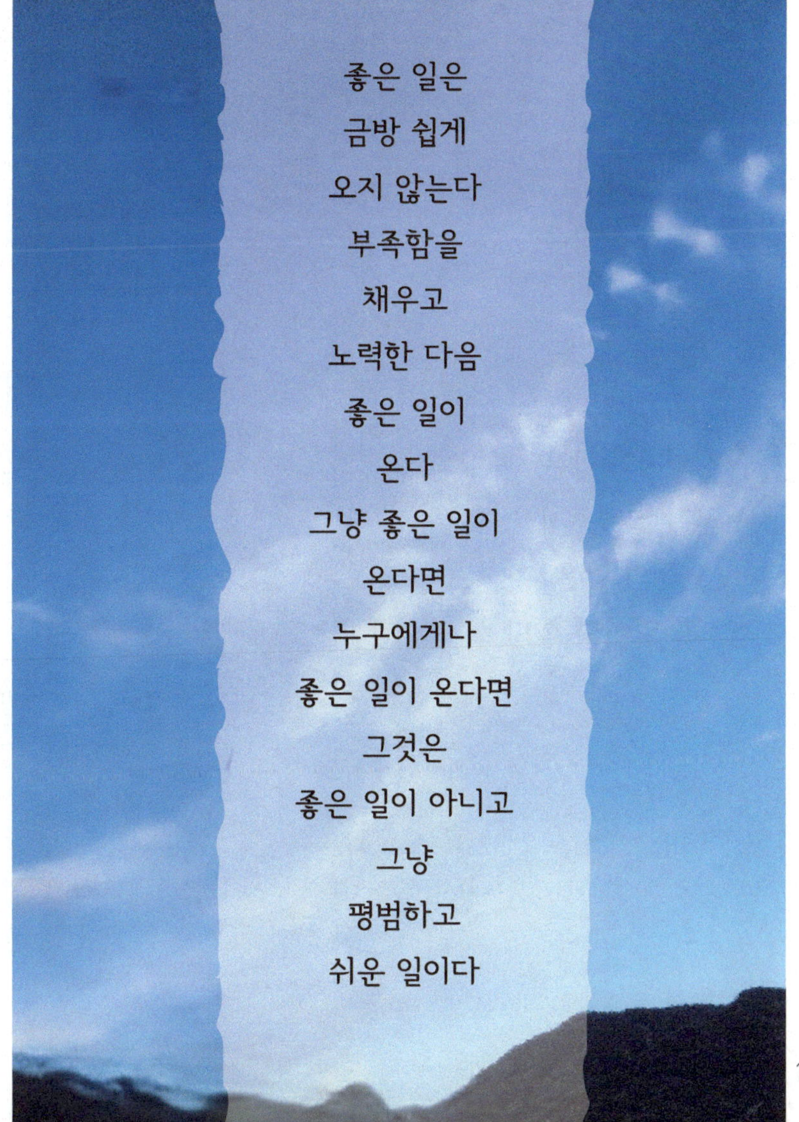

좋은 일은
금방 쉽게
오지 않는다
부족함을
채우고
노력한 다음
좋은 일이
온다
그냥 좋은 일이
온다면
누구에게나
좋은 일이 온다면
그것은
좋은 일이 아니고
그냥
평범하고
쉬운 일이다

시험지의 답은
있지만
인생의 답은
없다
시험지의 답은
모르지만
인생의 답은
알 수 있다
시험지의 답은
누군가 알려주지만
인생의 답은
스스로 알아야 한다

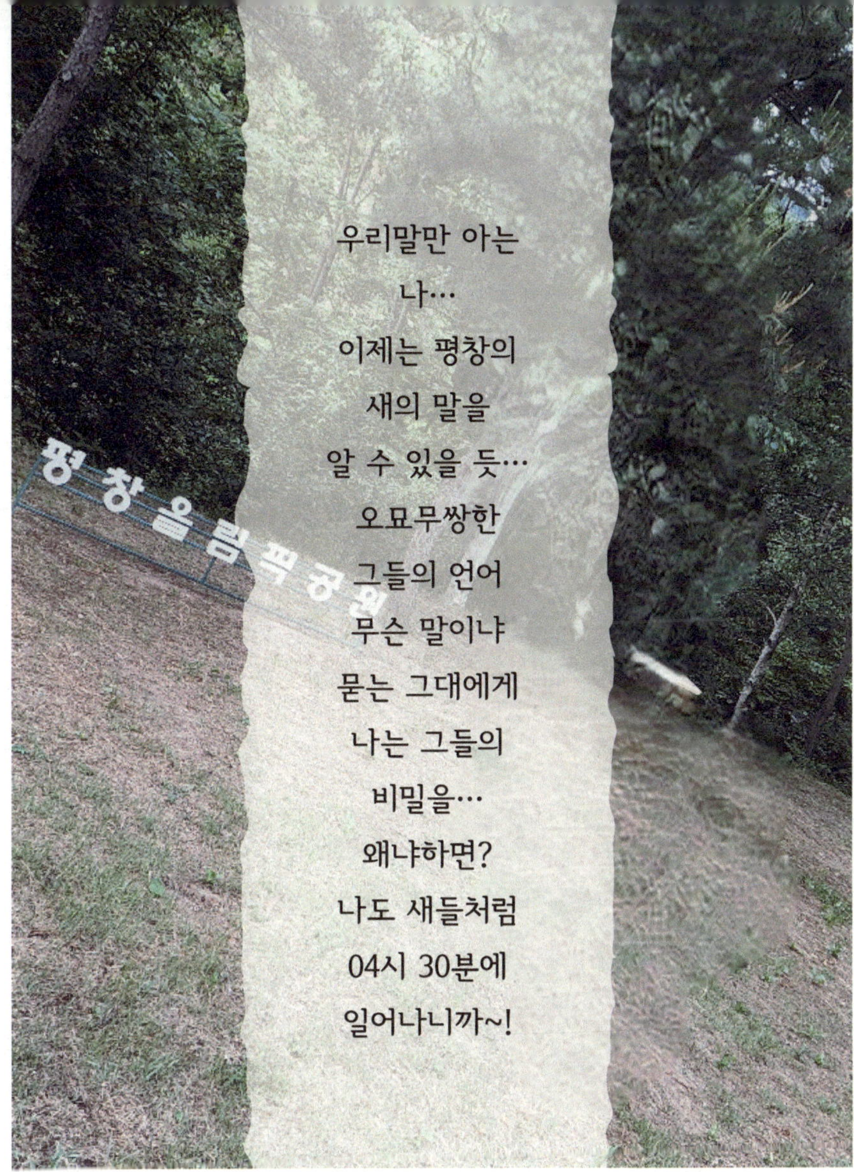

우리말만 아는
나…
이제는 평창의
새의 말을
알 수 있을 듯…
오묘무쌍한
그들의 언어
무슨 말이냐
묻는 그대에게
나는 그들의
비밀을…
왜냐하면?
나도 새들처럼
04시 30분에
일어나니까~!

너와 나의 시간은
1초도 어김없이
쓰이는데…
나의 만보 시간은
꼭 묶어두리라
삼각주의 강물에
이리 갈까? 저리 갈까?
망설이지 말고
내가 가고 싶은 곳에
가자~
인생 스스로
약속을 생명처럼
살아가자

어느덧
일년의
절반이
가버려
주인이
버려진
연못도
마르고
무성한
잡초만
있구나
물고기
토라져
돌틈에
나오질
않는다

이 길을 걸어
만 보를 채 우리
집 떠난 지 20여 분
이곳에서
화장실이 부른다면?
지금 나를 괴롭힌다!
머리 위에서
까치 조롱하고
언제나 느끼지만
만보는 쉬운 일이
아니었어
이 길에
주저앉는 일은
없어야 한다

누런 냇물의
속도가
제법 세다…
화내지 마라
어차피
바닷물이
될 거다…
넓은 바다의
푸른 파도로
다시 태어나리

지게는
무거울수록
좋다
나의 것이
많다는 것…
지게의 짐을
탓하지 말고
지게를 질 수 없는
나의 어깨를
탓하자…
가다가 보면
모두 내 거다
그리고
너그러움을
베풀자~

구름과 바람…
바로 인해
뿌옇던 안양천
하루의 시간으로
잉어의 맵시 드러내니
하얀 두루미 자태
뽐내는구나…
비바람과 고통은
금방 잔잔해진다는

생각만 하고
있다면
꿈을 꾸고
있는 것이고
실천한다면
살아있다는
것이다

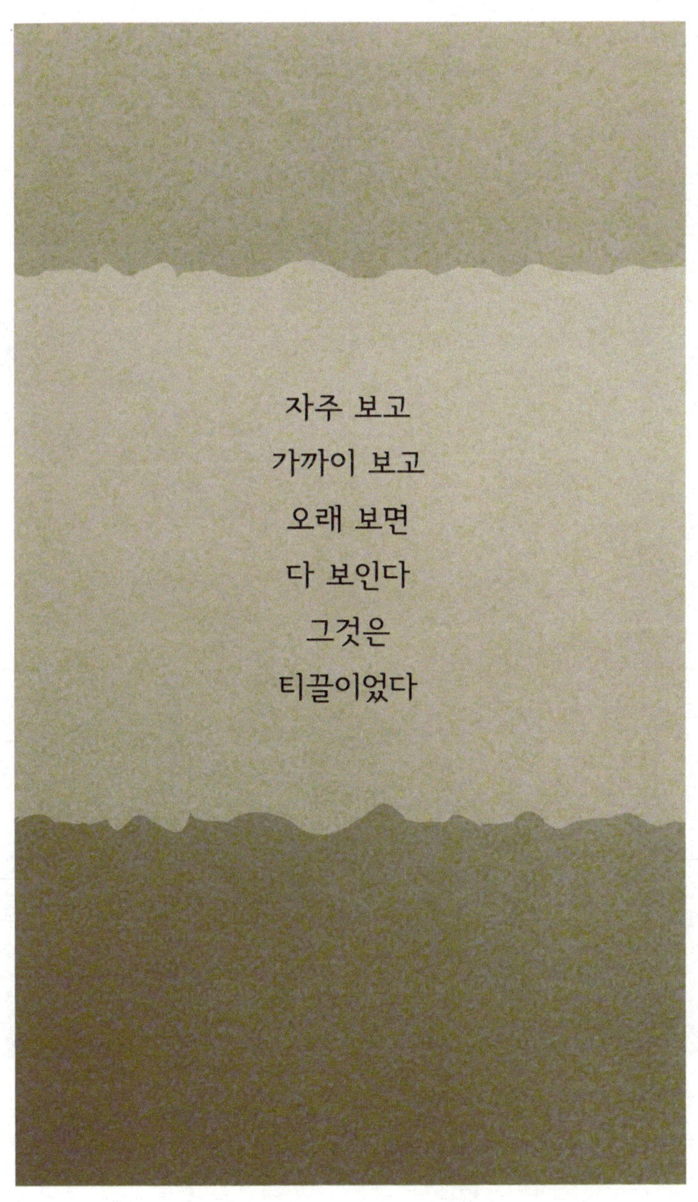
자주 보고
가까이 보고
오래 보면
다 보인다
그것은
티끌이었다

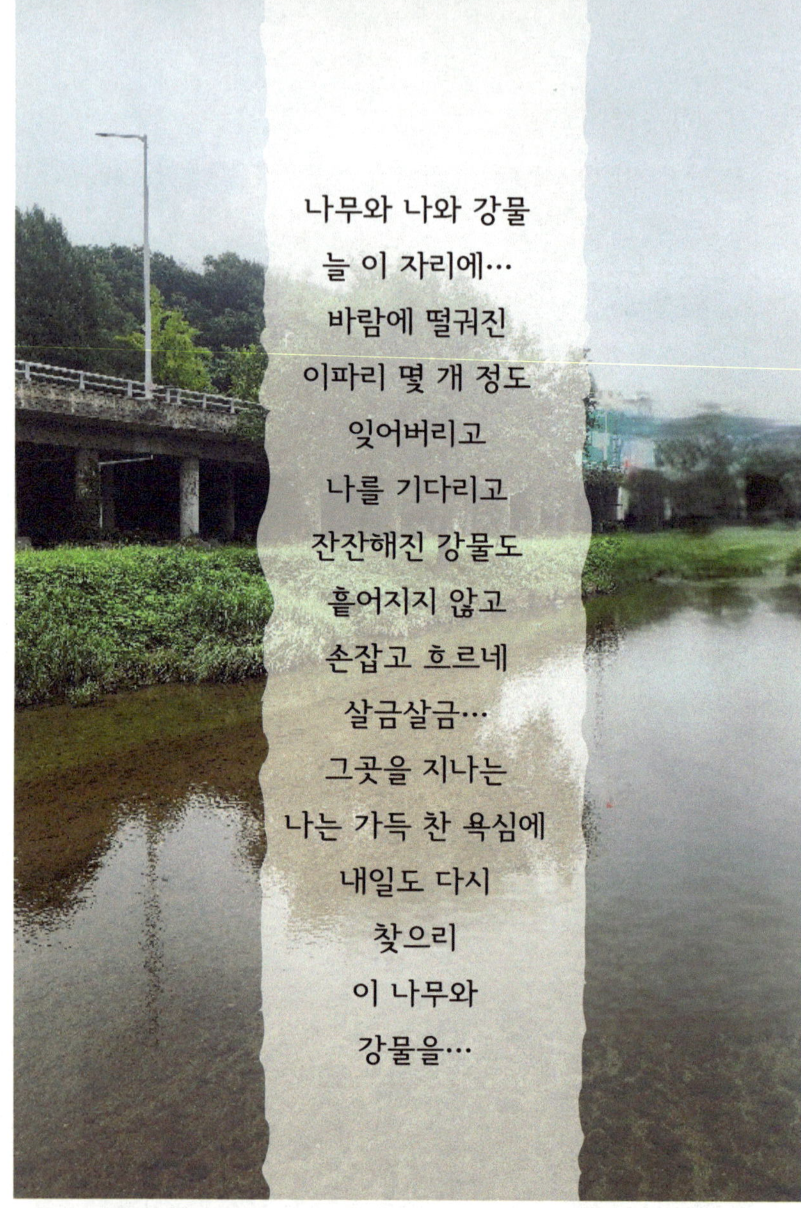

나무와 나와 강물
늘 이 자리에…
바람에 떨궈진
이파리 몇 개 정도
잊어버리고
나를 기다리고
잔잔해진 강물도
흩어지지 않고
손잡고 흐르네
살금살금…
그곳을 지나는
나는 가득 찬 욕심에
내일도 다시
찾으리
이 나무와
강물을…

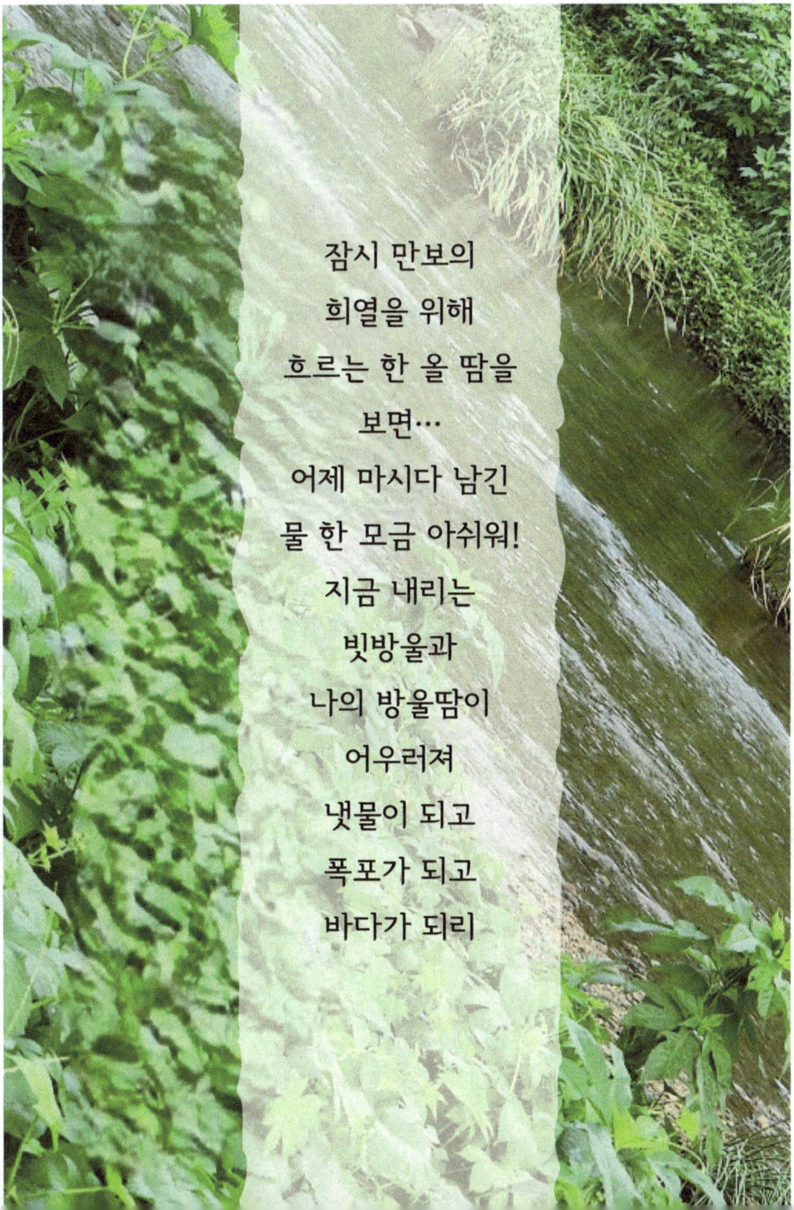

잠시 만보의
희열을 위해
흐르는 한 올 땀을
보면…
어제 마시다 남긴
물 한 모금 아쉬워!
지금 내리는
빗방울과
나의 방울땀이
어우러져
냇물이 되고
폭포가 되고
바다가 되리

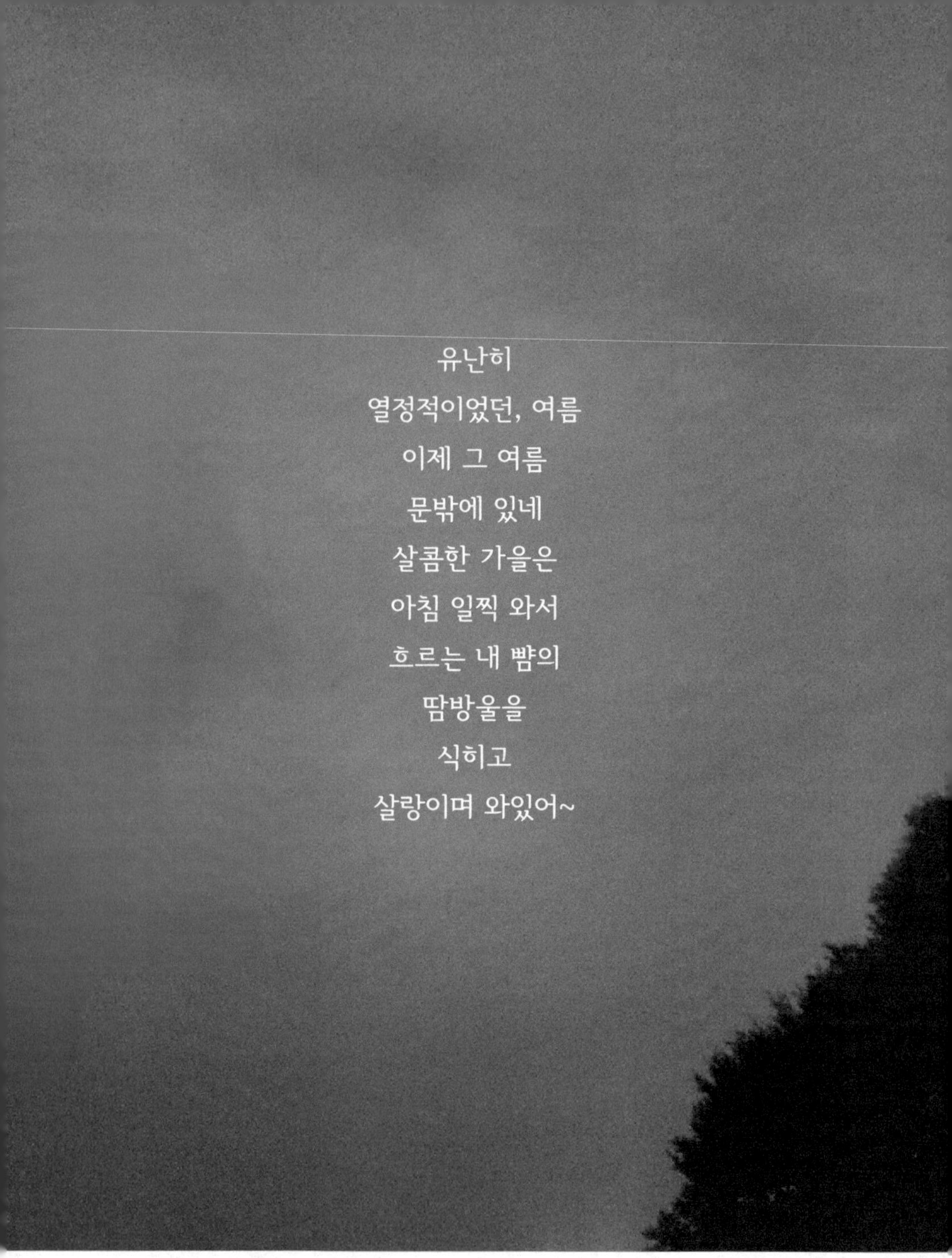

유난히
열정적이었던, 여름
이제 그 여름
문밖에 있네
살콤한 가을은
아침 일찍 와서
흐르는 내 뺨의
땀방울을
식히고
살랑이며 와있어~

한 개의
꽃잎을
꺾지
않으면
오래도록
여러 것들이
보고
느낄 수 있으리…

아름다운

꽃이

어디에든

어떤 꽃이든

나는

그 꽃의

향기만을

간직하리~

어디서부터
바람은 온 것일까?
가지 않는 곳
갈 수 없는 곳
없는바람… 우리는
바람이 되지 말고
머물러보자
산들거리는 풀잎
우뚝 서있는 나무
기다려주는 것들…
처럼
보이지 않고
무쌍한
바람이 간간하다는
생각이 드는
오늘 아침~

너와 네가 살고
나와 내가 살면
진짜 좋은 세상
우리들 세상

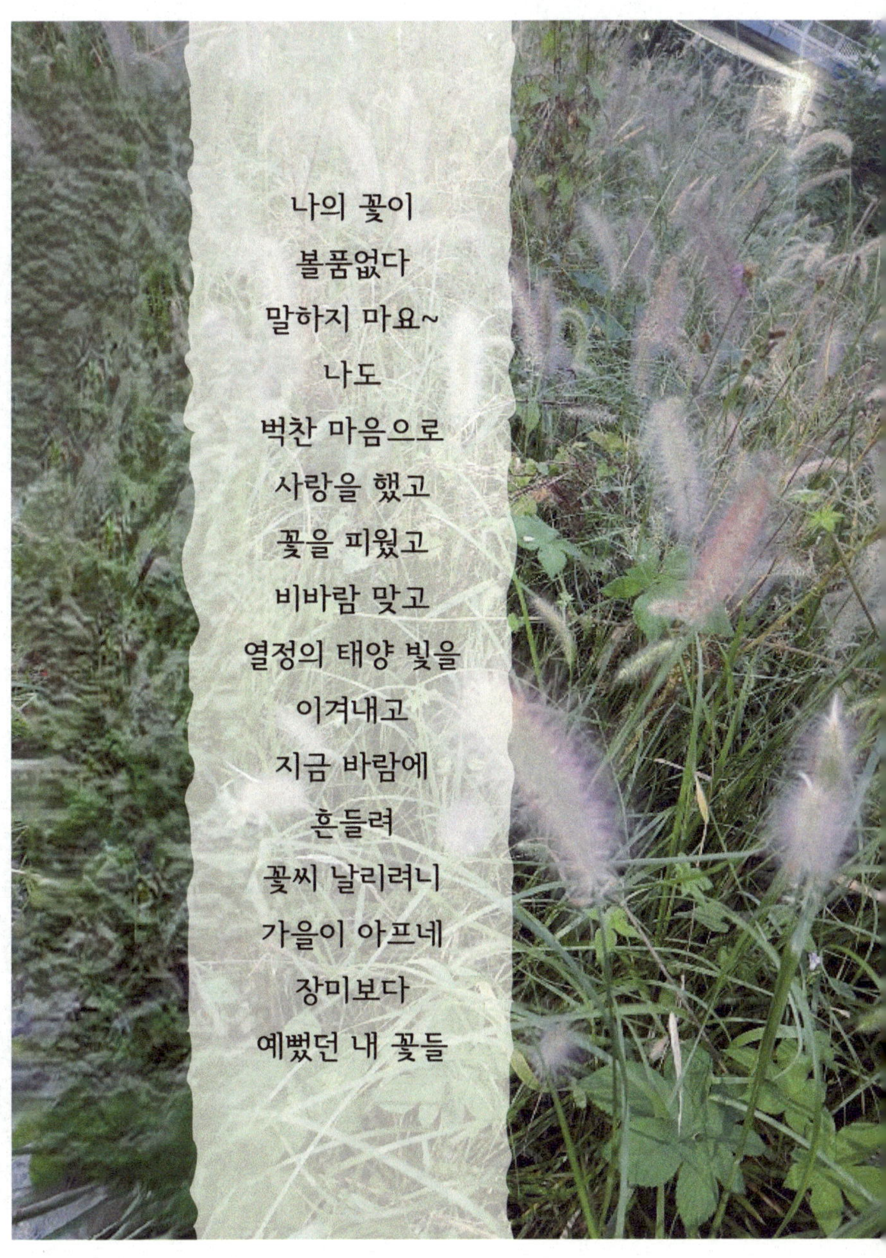

나의 꽃이
볼품없다
말하지 마요~
나도
벅찬 마음으로
사랑을 했고
꽃을 피웠고
비바람 맞고
열정의 태양 빛을
이겨내고
지금 바람에
흔들려
꽃씨 날리려니
가을이 아프네
장미보다
예뻤던 내 꽃들

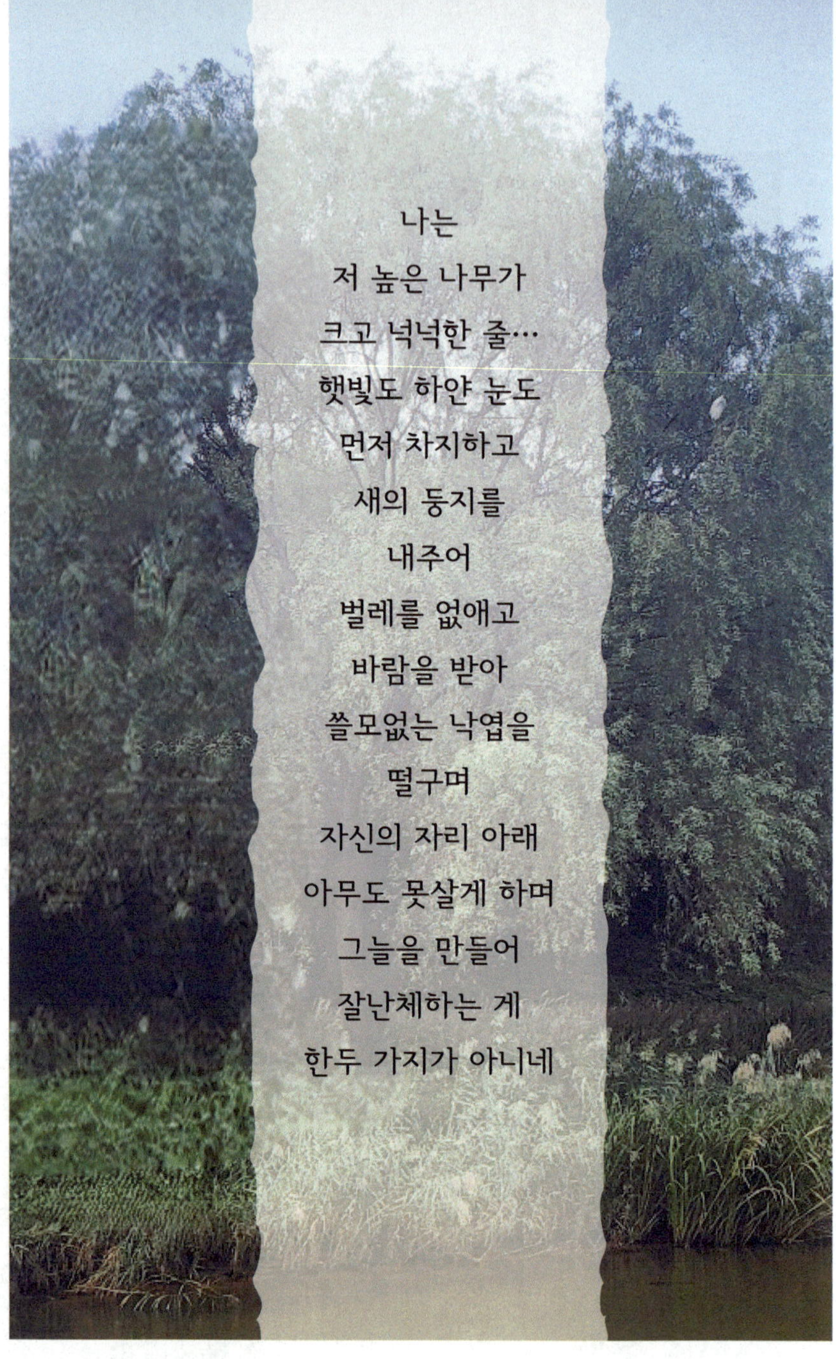

나는
저 높은 나무가
크고 넉넉한 줄…
햇빛도 하얀 눈도
먼저 차지하고
새의 둥지를
내주어
벌레를 없애고
바람을 받아
쓸모없는 낙엽을
떨구며
자신의 자리 아래
아무도 못살게 하며
그늘을 만들어
잘난체하는 게
한두 가지가 아니네

시월의 첫날은

비와 함께

시월의 마지막 밤은

용과 함께…

질긴 사랑은

시월과 함께하리

누구나 할 수 있는 것이

사랑이고

헤어짐은

또 다른 사랑의

시작이야~

아파하는 것보다

설레보라~!

이 비가 그치면…

떠도는 나뭇잎들

그 많은 품새로

너를 유혹하리

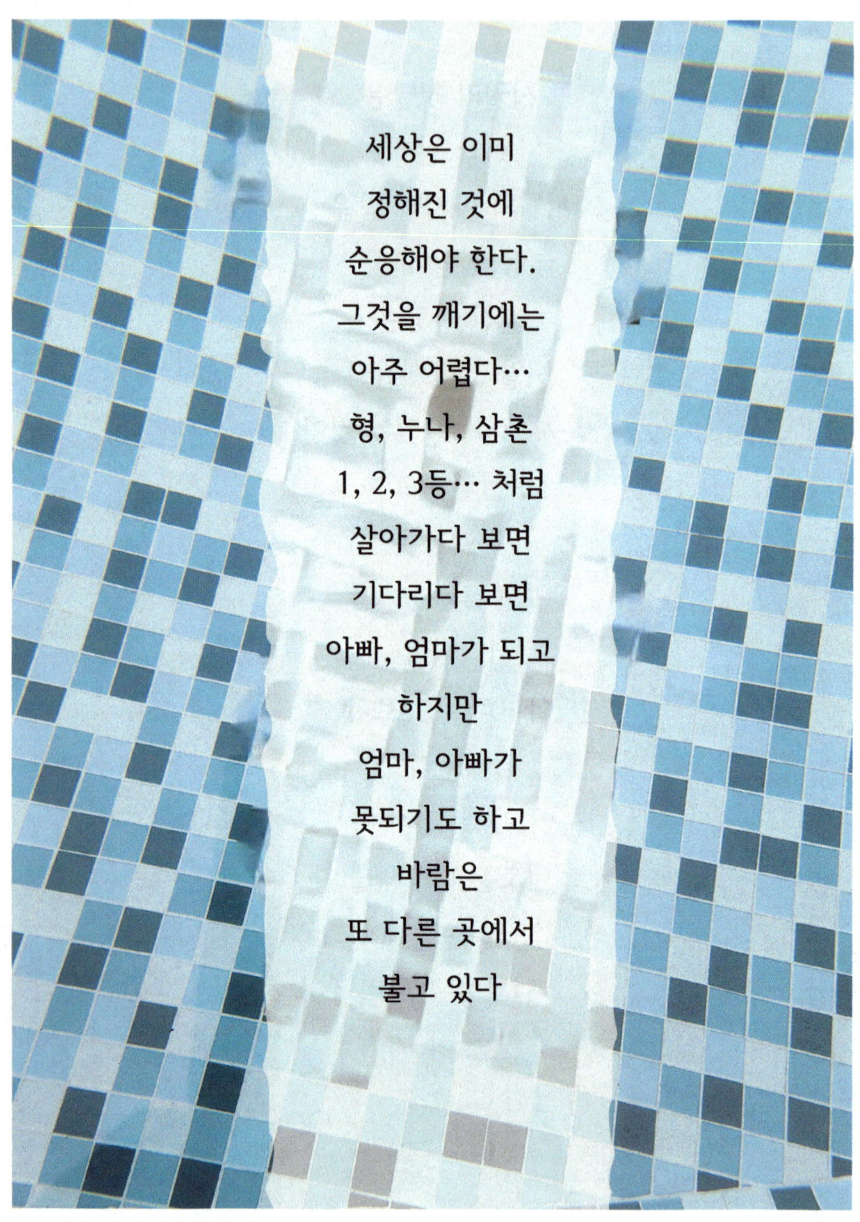

세상은 이미
정해진 것에
순응해야 한다.
그것을 깨기에는
아주 어렵다…
형, 누나, 삼촌
1, 2, 3등… 처럼
살아가다 보면
기다리다 보면
아빠, 엄마가 되고
하지만
엄마, 아빠가
못되기도 하고
바람은
또 다른 곳에서
불고 있다

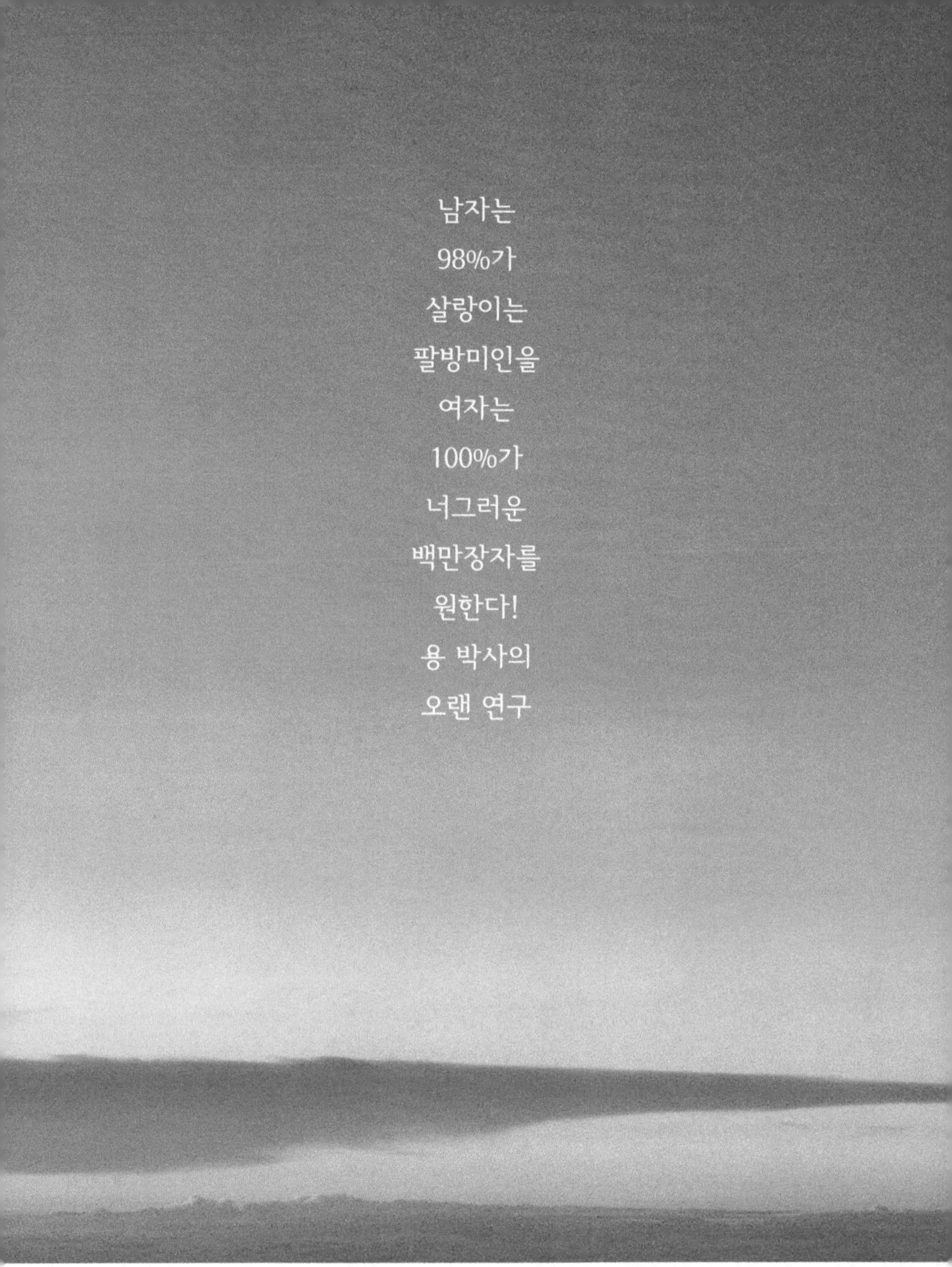

남자는
98%가
살랑이는
팔방미인을
여자는
100%가
너그러운
백만장자를
원한다!
용 박사의
오랜 연구

이젠…

나만!

알고~

있자

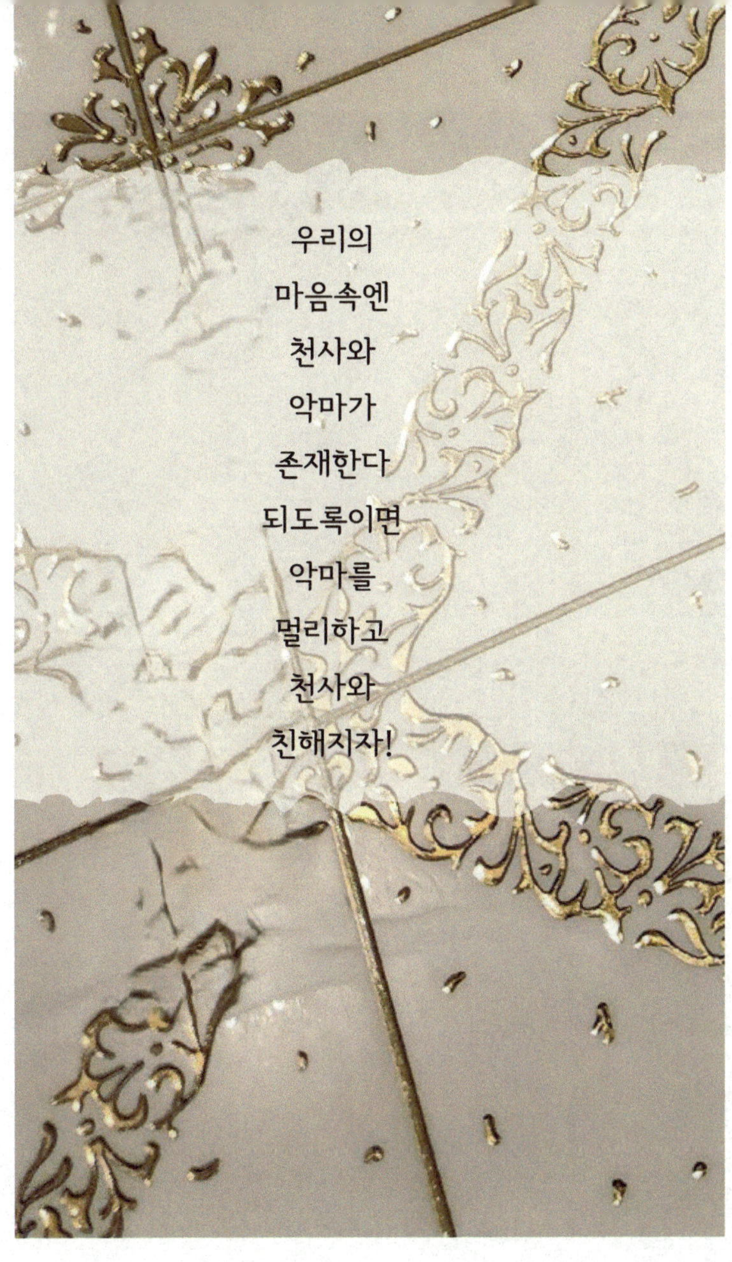

우리의
마음속엔
천사와
악마가
존재한다
되도록이면
악마를
멀리하고
천사와
친해지자!

세상에서
가장
아름다운 것은
열심히
일하는
모습이다

나는
시간이 싫다
내가 아무리
급해도
내가 아무리
여유로워도
시간은 그대로이다…
그냥 가는 대로!
간다…
그래도
시간은 내 편이다!
어떠한 일이
있더라도
시간만이
약속을
지켜준다

약속은 생명처럼

모퉁이까진
걷고
지나선 뛰고
다시
반복의 계획
나는
지키지 못해
저기
전기자전거
너보단 낫다~
내 이마와
등줄기에는
송송
땀이 흐르니…

당신의 손에

백십 원이 남았다는 것은…

좋은 일이다!

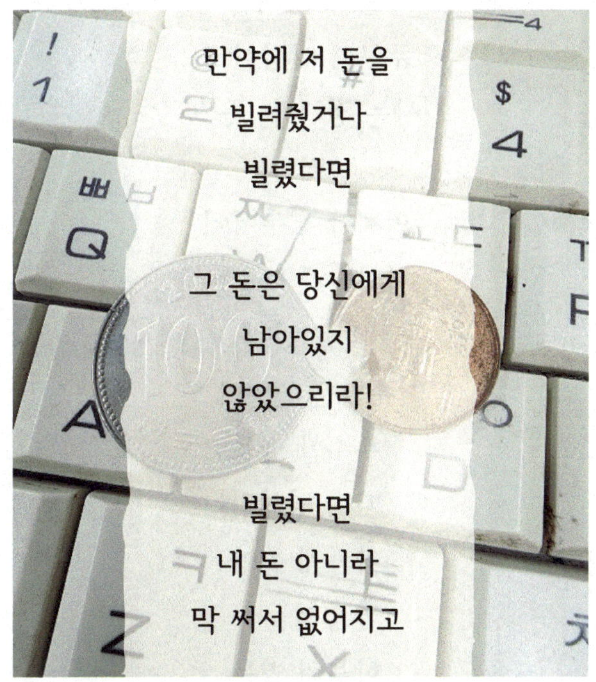

만약에 저 돈을

빌려줬거나

빌렸다면

그 돈은 당신에게

남아있지

않았으리라!

빌렸다면

내 돈 아니라

막 써서 없어지고

빌려줬다면

받지 못해서

없으리다~!

(맞을까요?)

하늘의 별☆

누구나 사랑을
할 수 있지만
누구나 사랑하고
사는 건 아닌 듯…
그러나!
언제나 누구나에
사랑하게 하늘은
허락을 했네…
수많은 연인이
무수한 별을
따다 당신의
가슴에 쏟아
부었거늘…
하늘의 별은
또다시 오늘도
셀 수 없을 정도로
반짝이고 있어~
오늘도 사랑은
걱정 없이 하세요

산은 산들바람

으로

나무를 흔들고

바다는 파도로

물결을 치고

잔잔한 과일주는

한 잔으로

내 마음을 흔드네…

가을
단풍처럼
화려했으리
나뒹구는
낙엽만큼
열정적이
였으리…

시월의
마지막 날을
아름답게용

나는
매일 술만 마시고
살았을까?
나는
매일 여자 뒤꽁무니만
따라다녔을까?
나는
매일 호의호식하고
있었을까?

나는
알고 싶어요!

알려주소서…
나를!

때로는
따지지도
묻지도
알려도
말아보자
흐릿한
화요일
이니까…

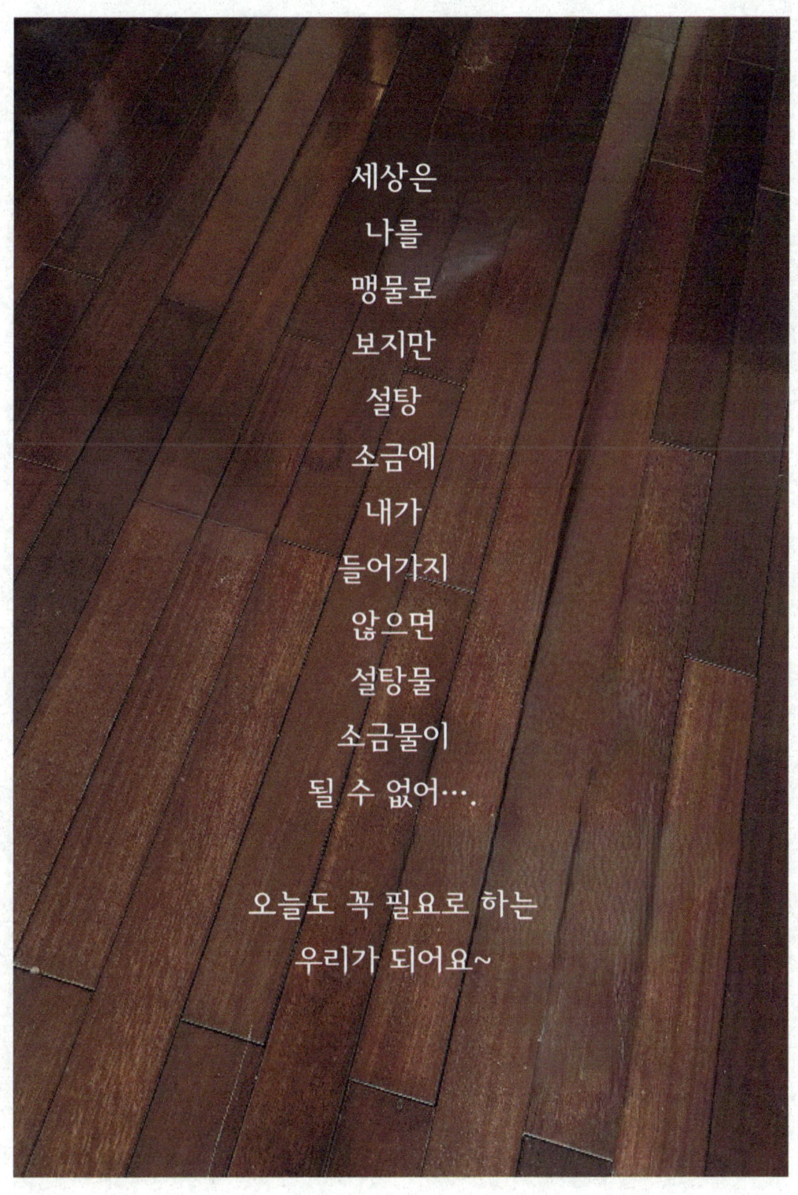
세상은
나를
맹물로
보지만
설탕
소금에
내가
들어가지
않으면
설탕물
소금물이
될 수 없어….
오늘도 꼭 필요로 하는
우리가 되어요~

어둠은
모든 걸
숨겨줄 수도
있지만
금방
찾아낼 수도
있다
당신의
따듯한 가슴은
춥고 어두운
곳에서도
타고 있으니…

배부르다
하여
젓가락
던지지
말고
배고프다
하여
밥풀
찾지 말자!

어디에 있든

누구랑 있든

무엇을 하든

오늘이 있고

당신이 있어 감사해용

즐거운 나날

주어진 시간

최고의 순간이

되기를 바래용~

나라를
먹여 살리는 건
백성
백성의
세금으로
권세가들이
먹고산다
다시금
세금으로
백성에게
미끼질 하는 것은
아이러니
하다
백성을
존중해야
한다

새들의
말을 엿들으니…
얘들아
오늘 많이 추우니 짹짹
많이 먹고
단단히 여미랑! 짹짹~
했당
짹짹

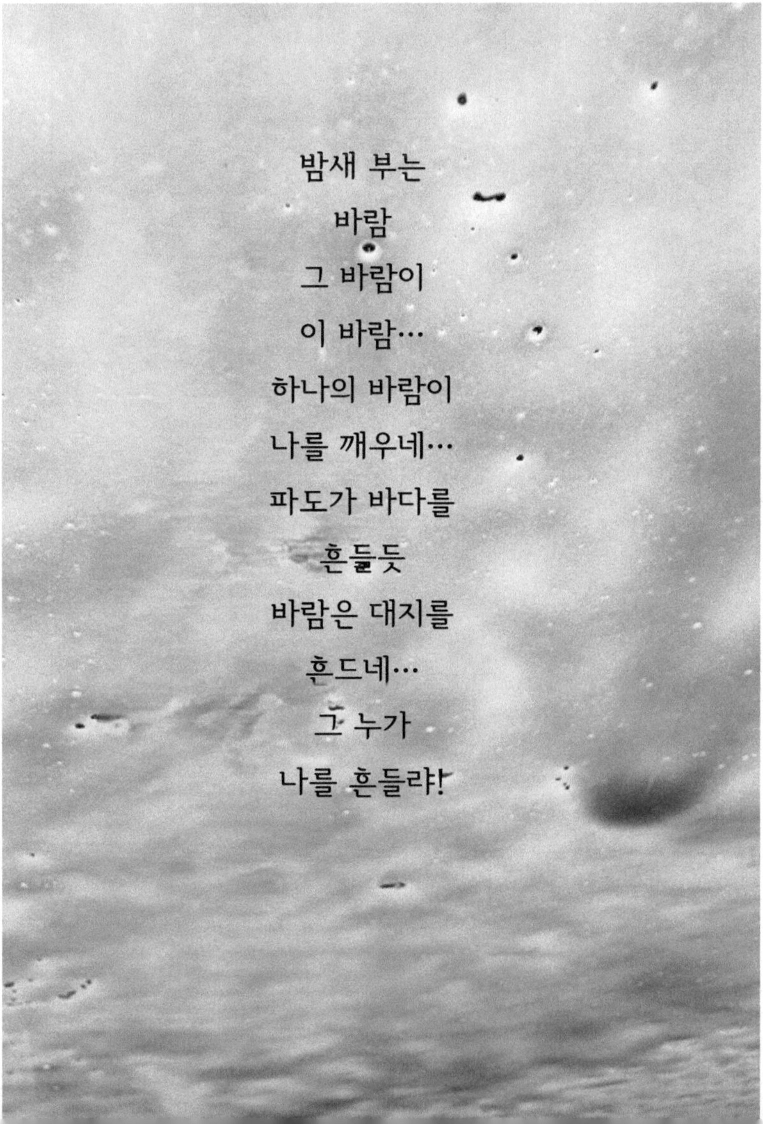

밤새 부는
바람
그 바람이
이 바람…
하나의 바람이
나를 깨우네…
파도가 바다를
흔들듯
바람은 대지를
흔드네…
그 누가
나를 흔들랴!

추억 없는
사람
누가 있으랴!
사연 있는
사람
누가 없으랴!
어제까지는
다~!
버리고
오늘 일에
충실하자~

서로에게

불편을

주지 않는

것이

우리 시대의

진정한 의리…

시골집 내가 잠든
창가 쪽이
지붕에 모여져
내려오는
비의 통로인 듯…
밤새 또란또란
속삭이네
눈이 되지 못한
겨울의 비들이…
아쉬워하며
그래 아쉬운 것이
세상이다~

한적한 길
걷다 보면
누군가가
따라온다
누구인가
보면
아무도 없다
내
발걸음 소리에
어울림 소리였어
내가 좋아
따라와 주는
누군가가
있었으면…
상상하는
한걸음, 한걸음

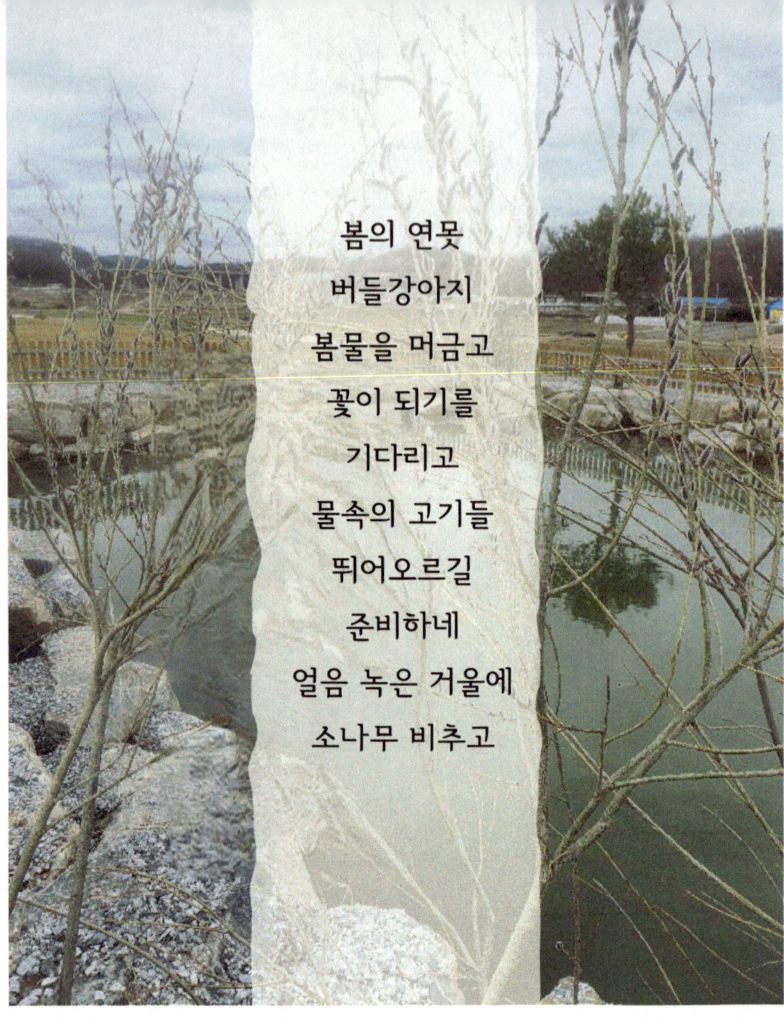

봄의 연못
버들강아지
봄물을 머금고
꽃이 되기를
기다리고
물속의 고기들
뛰어오르길
준비하네
얼음 녹은 거울에
소나무 비추고

낙엽이
떨어지는 건
바람이
불어서도
아니요…
나무가
흔들려서도
아니야…
잎은 떠나고
싶다…
낙엽 되어
너…
그대에게
가고 싶다…

만 원을 주고도
못사는 이 가을을
그냥 드리리~♡

조금 배고픈 듯
살고

조금 부족한 듯
살고

조금 손해 본 듯
살고

조금 가난한 듯
살자

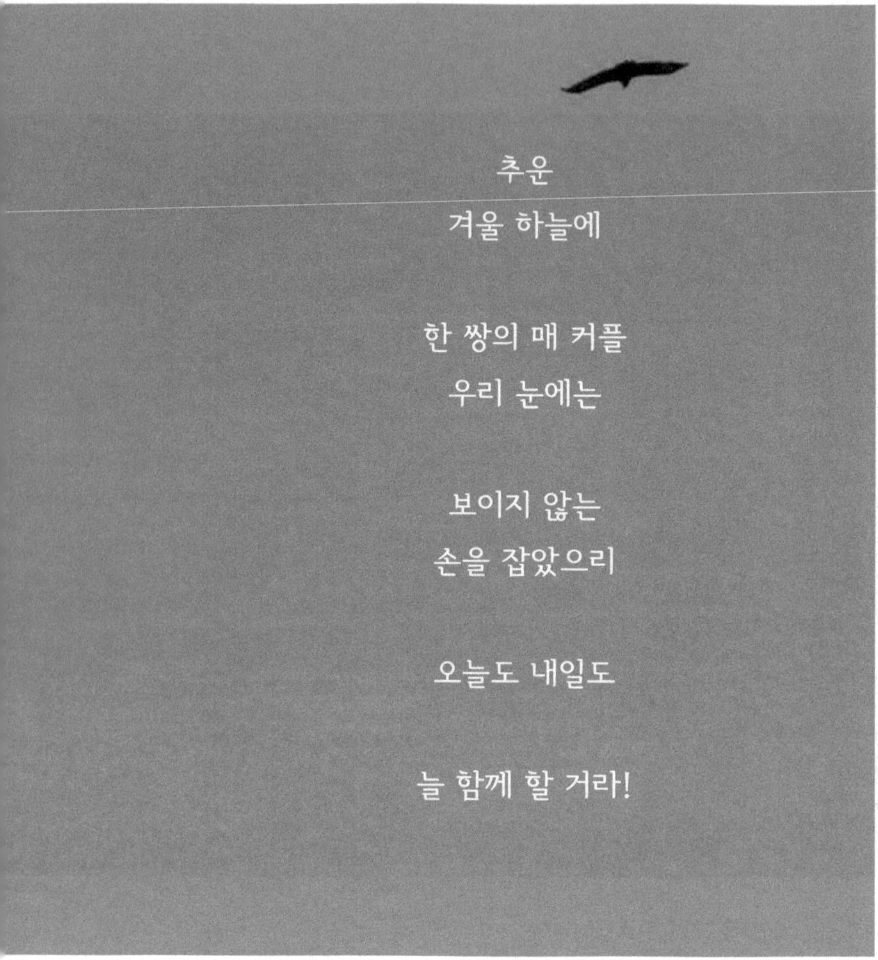

추운
겨울 하늘에

한 쌍의 매 커플
우리 눈에는

보이지 않는
손을 잡았으리

오늘도 내일도

늘 함께 할 거라!

안녕하세요

인사는

백번을 해도

좋다

먼저 하면

더욱 좋다

용과 모두의 생각

적극적!
긍정적!!
진취적!!!
하면 된다는
신념…

성산전기의 사훈~
성산전기 34년

오늘도 힘차게…

아스라이
절벽
저곳에도
생명이
존재한다는
우리들의 삶도
절벽이든
진흙탕이든
있었으리
그 속에
우뚝 선
당신은
최고의
멋쟁이~♡

이쁜 꽃…
너는
내가 얼마나
이뻐하는지
모르지
흔들리게
하면서
보이지 않는
바람처럼
꺾지 않고
이뻐하니
모르는 거…

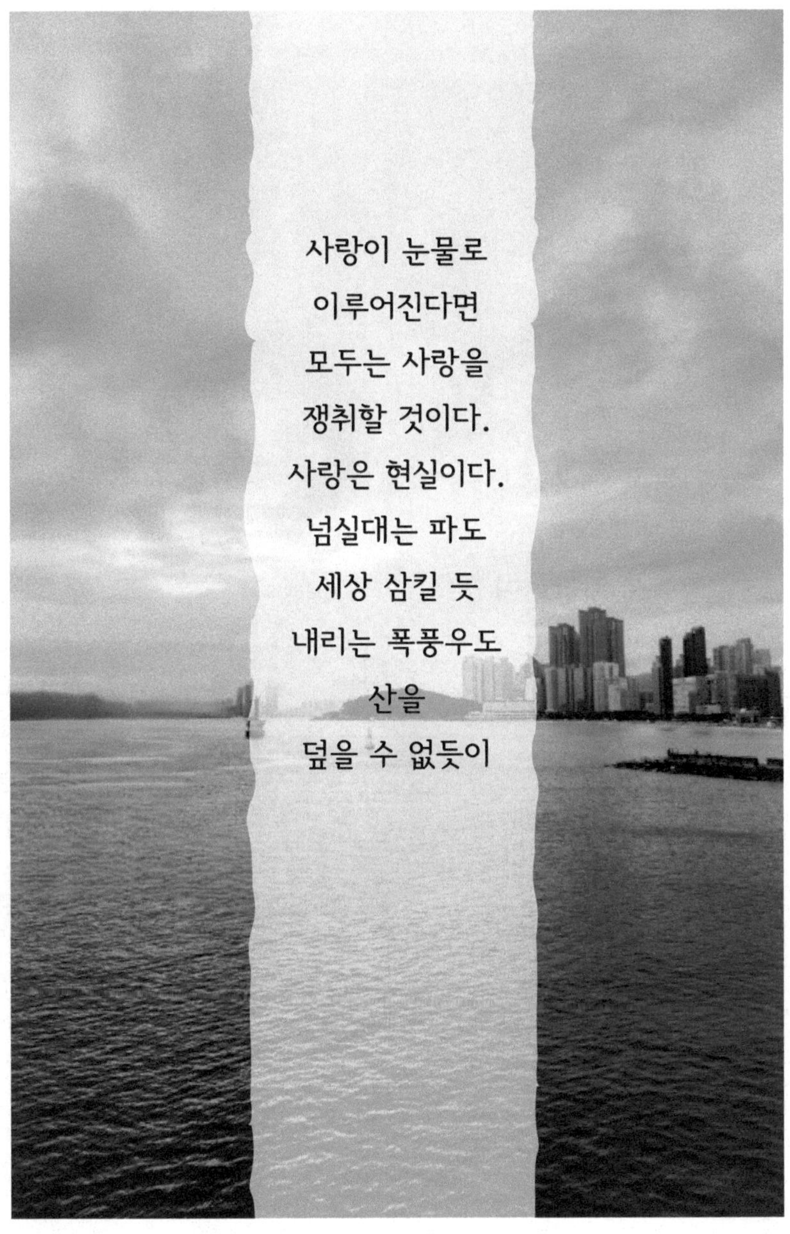

사랑이 눈물로
이루어진다면
모두는 사랑을
쟁취할 것이다.
사랑은 현실이다.
넘실대는 파도
세상 삼킬 듯
내리는 폭풍우도
산을
덮을 수 없듯이

맑고 깨끗한
냇물 보며
꽃들이 화장하여
더욱 이쁘고
그 속에 비추는
꽃을 보며
떨어진 꽃잎에
입 맞추며
물고기 뛰놀고

한적한
길가의
숲속에도
무수한
생물들이
울고 웃고
바지런히
살고 있다

빗방울의

무게도

힘든데

바람까지…

세찬

비와 바람…

꽃잎

꽃은 지고

잎은 크고

봄비에 꽃이 피고

봄비에 꽃잎 지네

한 잔은 저 하늘과
마시고
한 잔은 그 아래
먼 산과 마시고
나머지 한 잔은
가까운
내 님과 마시세

좋다가
싫어지는 건
금방…
싫다가
좋아지는 건
어려움!
성공은
어렵지만
몰락은
더
금방이다

시간이 갈수록
나이를 먹을수록
일을 할수록
책임은 더 무거워지고
어려워진다…
책임을 완수하는 것은
아름다운 일!
아름다움조차
처절하지만
한올 한올 풀어보고
포기는 않는 것이 책임이다…

계절의 여왕
오월도
덧없이 떠나네…

최고의 초록을
가슴에 많이
담았을까?

아쉬움은
아랑곳 않고
가버리는 세월아!

힘센 말을
찾으니
이쁘지 않고
이쁜 말을
찾으니
힘이 약하네~
말 잘 듣는
일꾼은
일을 못 하고
일 잘하는
일꾼은
말을 안 듣는다!
그런데,
말도 안 듣고
일도 못 하는
일꾼도
꽤나 많다요~

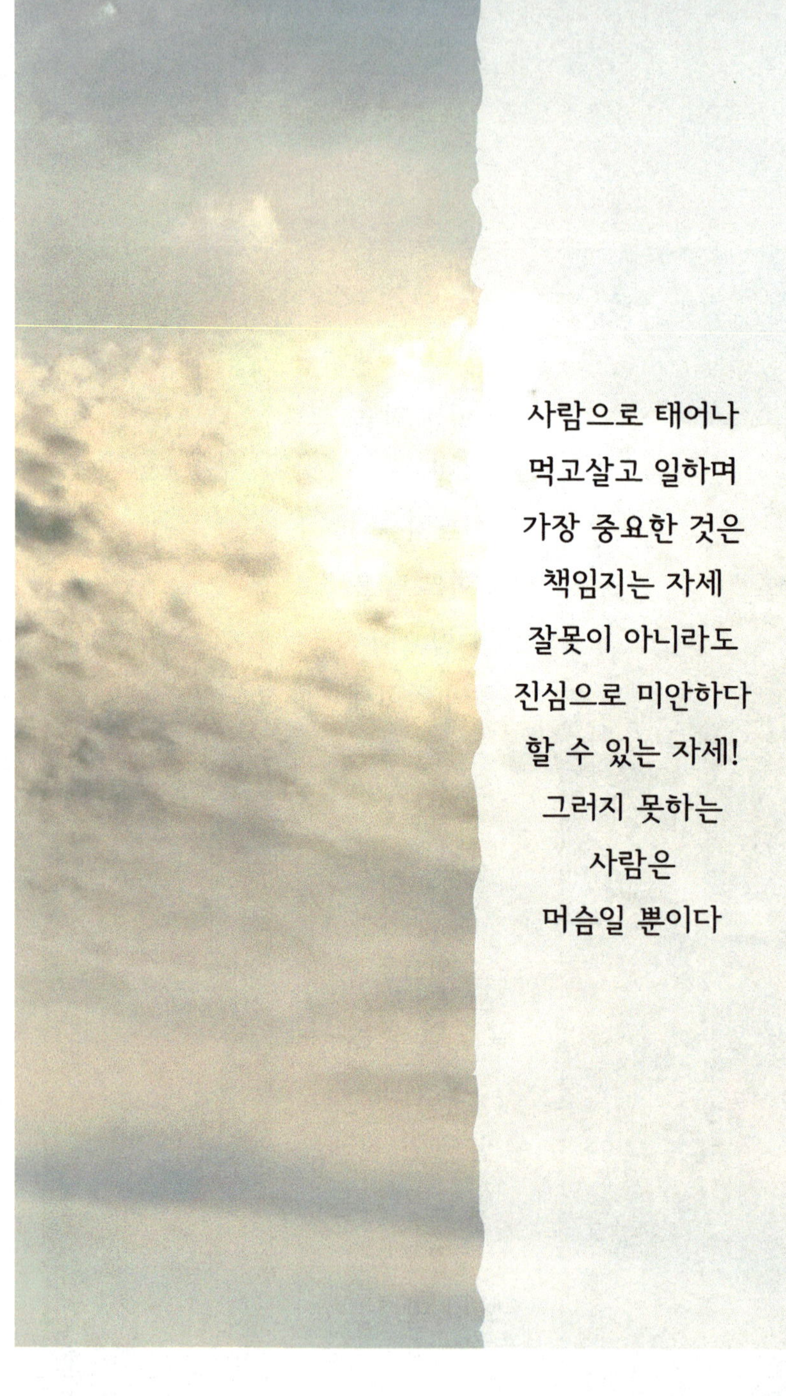

사람으로 태어나
먹고살고 일하며
가장 중요한 것은
책임지는 자세
잘못이 아니라도
진심으로 미안하다
할 수 있는 자세!
그러지 못하는
사람은
머슴일 뿐이다

무심코 던진
말 한마디…
그것이
비수가 된다
그러면서
비수가 된
말을
유머라 한다

나는
내 손톱에
낀 때를
마음속 깊이
믿는다

인생
길지도 않고
여행…
매일 가지도
않으니
기왕이면
좋은 거 먹고
좋은 데 자고
좋은 사람과
가자…

감미로운
만남… 그리고
우여곡절 끝에
오는 이별은
아름다워야 하지…
하지만 이별에는
다툼이 많아
만날 때 같은
이별…
아름다운
이별을 하라

망초대

혼자 서있으면
보잘것없으나
이렇게 모이면
광경이 되고
장관을 이룬다.
우리들도
혼자 있지 말고
늘~ 함께하라~!

산이 대수냐?
한 걸음씩
가면 되는 거지!
남보다 먼저
가려면
일찍 시작하면 되고
정상에 가려면
서두르지 않으면
된다

돌 틈으로
날아와
척박함에
말없이
자라는
도라지처럼
우리도
멋지게
살아요

관악산
바위에 핀
도라지♡

내가 지금

어디 있을까?

너의

마음속에

있지롱

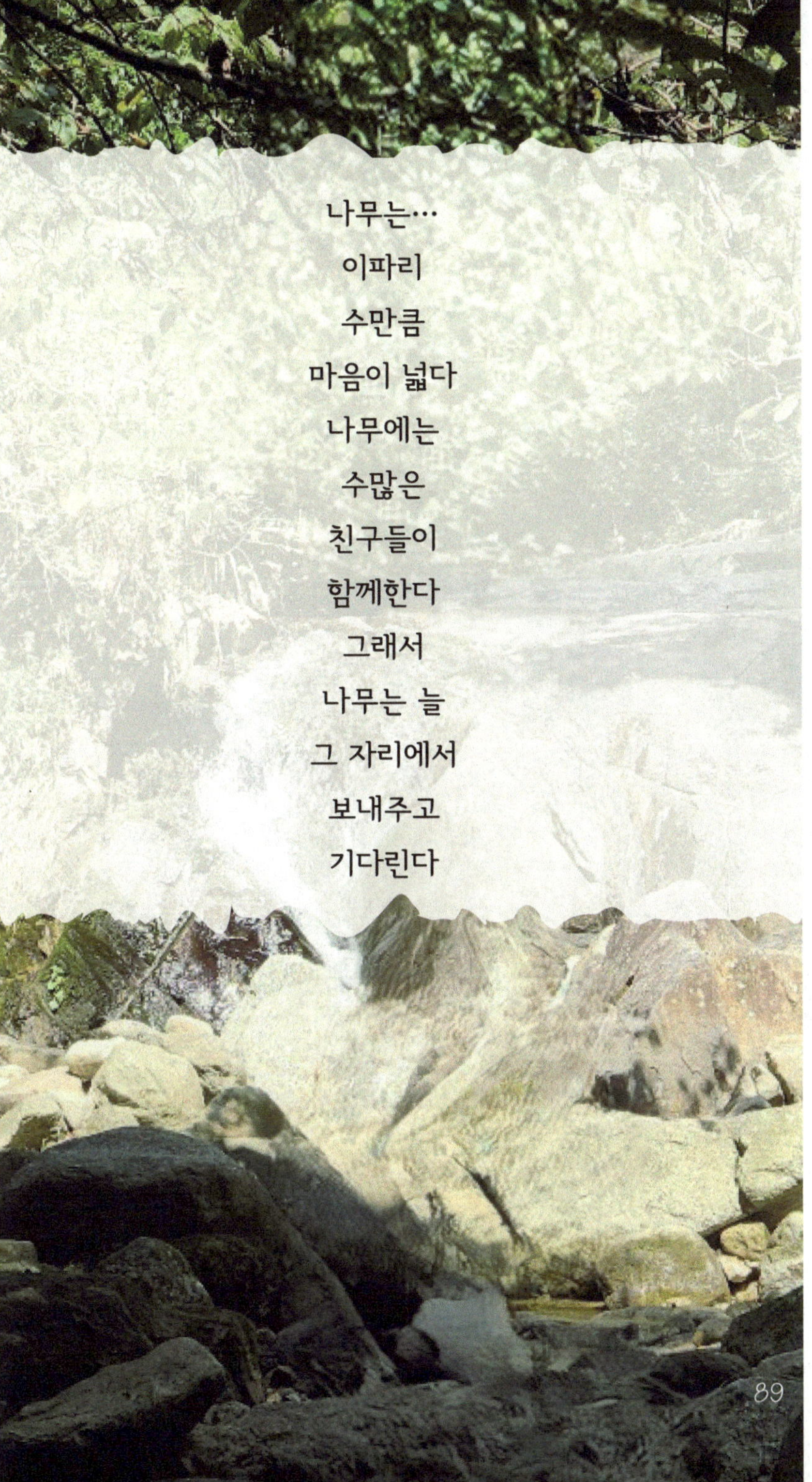

나무는…
이파리
수만큼
마음이 넓다
나무에는
수많은
친구들이
함께한다
그래서
나무는 늘
그 자리에서
보내주고
기다린다

왜… 모두는
뜨는 해에는
감탄하면서
지는 해에는
아쉬워할까?
빠르게 뛰는
지구를
따라잡지 못하는
아쉬움이 클 것…
어쩔 수 없이
다시 내일을
기다려야 한다…

물고기는
나뭇잎과
놀고
버드나무는
바람에 날리며
몇 개의 잎을 보내고
푸른 하늘은
온 세상을
감싸며
해의 빛은
구름의 색채를
아름답게 하네

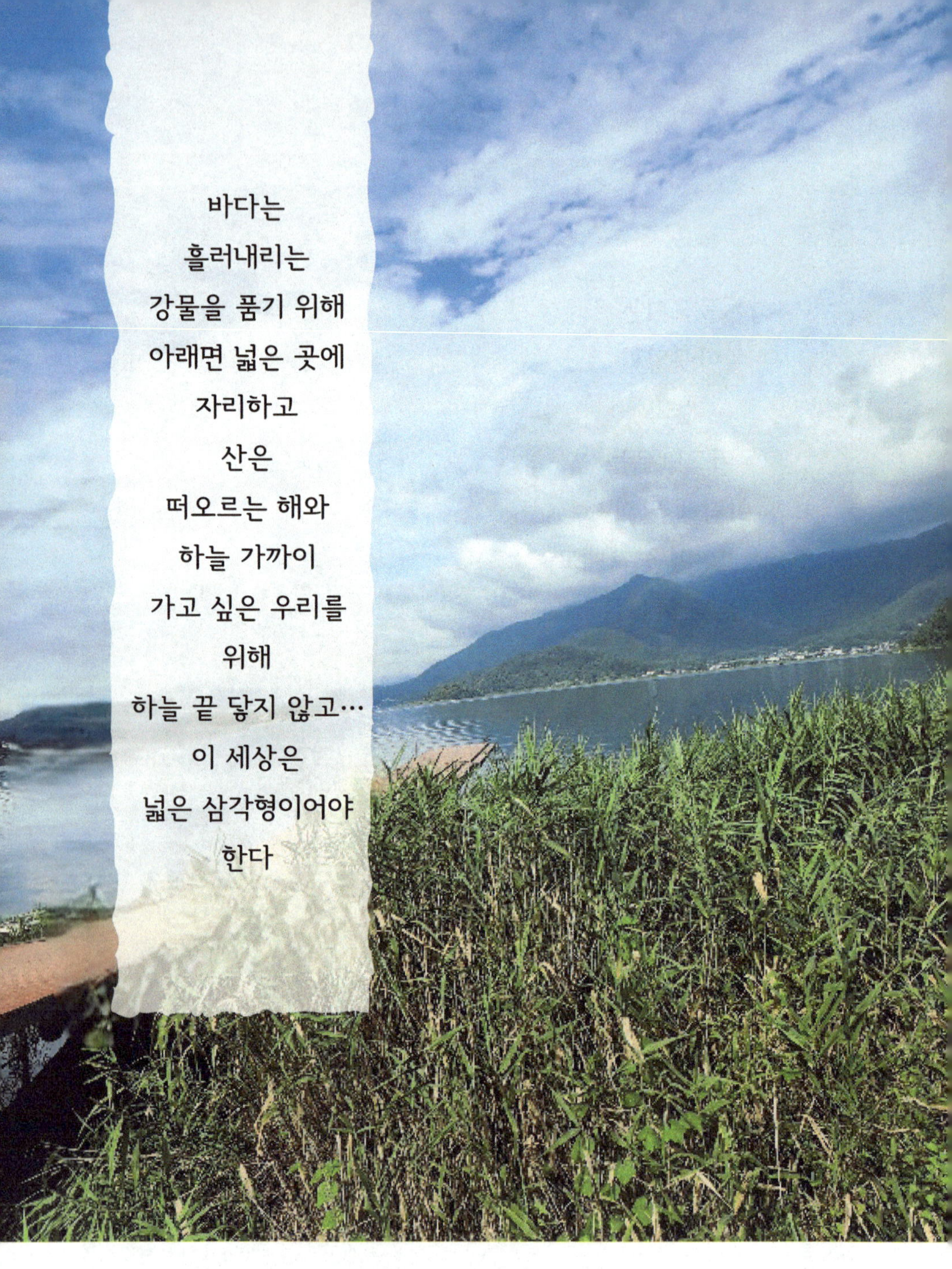

바다는
흘러내리는
강물을 품기 위해
아래면 넓은 곳에
자리하고
산은
떠오르는 해와
하늘 가까이
가고 싶은 우리를
위해
하늘 끝 닿지 않고…
이 세상은
넓은 삼각형이어야
한다

계절에서는
봄과 여름
가을과 겨울을
가질 수 없다
하지만
나의 마음속에는
모두 있었다
봄비 속에 가을 낙엽
뒹굴고
눈보라 속에도
꽃은 피었다…
다시 온다
지나간다
생각 말고
하나하나를
소중히 하리라

가질 수 없는
저 달을 보지 마요
옆에 있는 나를
봐요…
그러다 보면
나도 둥글
너도 둥글
온 세상이 두리둥글
가다 보면
어느새
달과같이
쓰임새 많은
둥그리가 되다~

마음이
있어도
재물이
없으면…
재물이
있어도
마음이
없으면!
베풀지
못한다…

혼자 중얼거림도
누군가
듣고 있다…

용의 말~

성공의 요건은
천 가지 이상의
조건을 필요로
하지만…
몰락은 단 한 번의
실수로 무너진다!
VOLVO

바다, 산, 하늘…
서로의 색다른
푸르름을
뽐내니
어느 푸름이
제일이더냐?
산은 하늘과
바다의 손을 잡고
바다와 하늘은
마주보고
있고…
누구와 더
친하리?

함께할 때는
몰랐던 것들…
지나간 지금
다시는 후회
하지 않기를…

상암동의 가을을

그림을
그려도
이렇게
그 누가
그릴까?
그냥 이 가을을
이뻐할 수밖에…
나는 아직
가을이 되고
싶지 않다!
나의 가을로
이 가을이
퇴색될 수
있으니…

하늘의
태양이
사라지지
않는 것처럼
당신이
내 곁에
항상
함께했으면…
좋겠습니다~

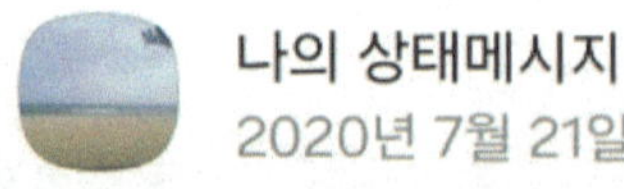

나의 상태메시지
2020년 7월 21일

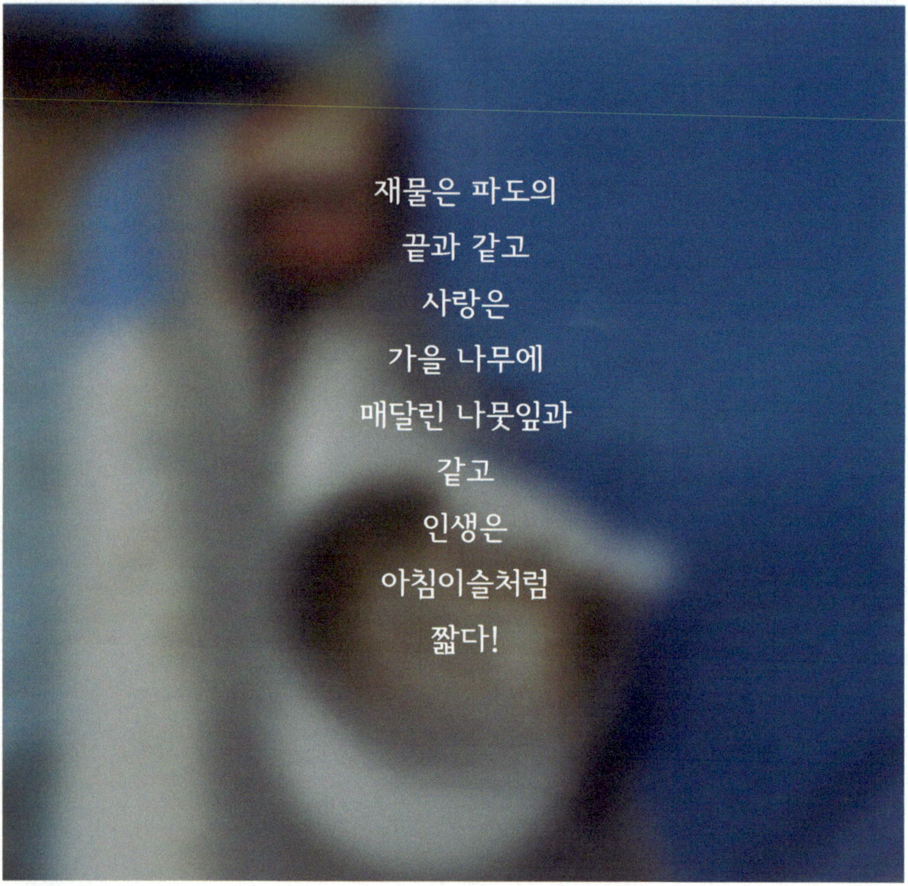

재물은 파도의
끝과 같고
사랑은
가을 나무에
매달린 나뭇잎과
같고
인생은
아침이슬처럼
짧다!

더울때
시원한
물한잔
추울때
따듯한
차한잔
좋지만
그윽한
그대의
눈빛이
더좋아

화려한
색상의
가을이
멋지다
했지만
대롱대롱
힘겹게
매달린
가을이,
디굴디굴
밟히는
가을이,
결코… 가을은
화려함이
아니고
가을은
앙상함의
안간힘
이였나?

가을과
여름이
바람에
추울까
살포시
덮어준
따스한
눈송이
우리는
봄바람
맞으러
간다네

낙엽은
아직 매달려
있는데
이렇게
겨울이
오잖아…
빨강 노랑
단풍으로만
놀고 노니
설해전술로
세상에
겨울을
알리다…

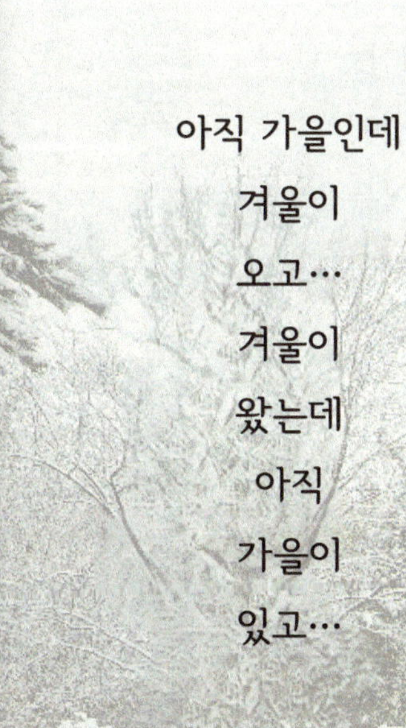

아직 가을인데
겨울이
오고…
겨울이
왔는데
아직
가을이
있고…

검붉게
넘실대는
파도가
무섭게
산도
해도
삼켜버릴 듯…
그래서
해는
서산으로
넘어가
어둠을
만들어
숨게 하고
달은 바다를
비추어
잔잔한
파도를 만드나?

달콤한
앙꼬는
빵 속 깊은 곳에…
당신의
마음도
그 가슴속에…!
좋은 것
소중한 것은
늘…
가려져 있다!

뻔뻔스러운
기차
한 장 남은
달력마저
싣고
어디로
요란하게
가는 걸까?….
자세히 보니
2025호….

멀리 있어도
어느 날 갑자기
그리워지면
생각나는 우리들
이기를~*

오늘 같은
날이면
저 나무 아래
서있고 싶다!
그리고
누군가에게
나무 밑기둥을
세게 치라고
하고 싶당~

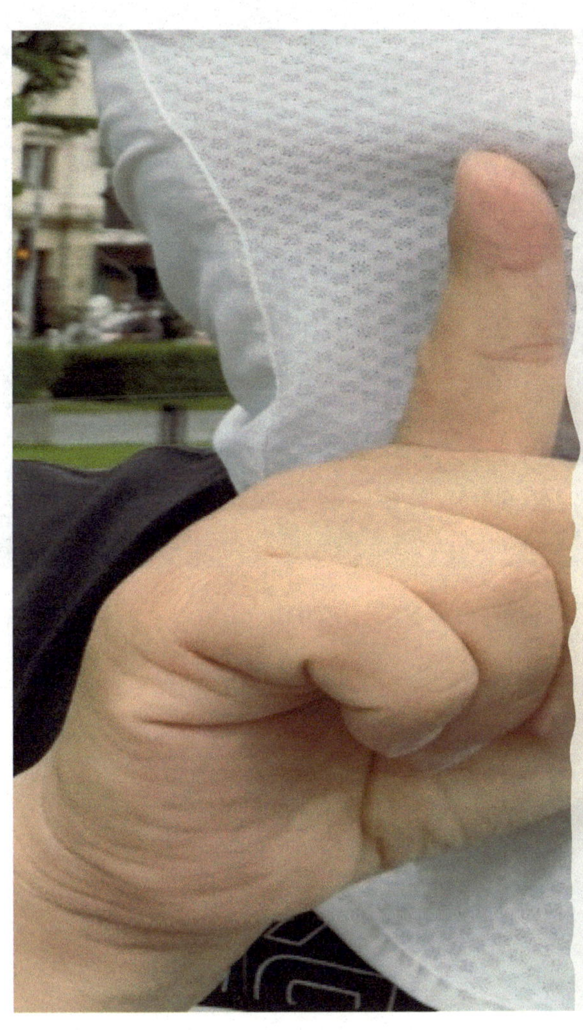

손가락 짧다고
무시 마라
슬퍼 마라
이래 봬도
한가이버
손이니까
부드럽고
강직하고
섬세하고
피도 나도
땀도 난다
ㅎㅋㅋㅎ

세상은
온통 탐욕, 아부로
들끓는다.
나 자신을
모르고
아부에 넘어가지
말고
나 자신을
모르고
탐욕에 젖지 말자!

아부와

탐욕은

모든 이에게

맞춤으로

온다…

살면서

아부도 받아보고

탐욕도 부려보자

즐기는 수준

적당함으로~

우리의 인생이
한 폭의
그림 같다면…
한없는 감탄과
넓은 마음…
환한 웃음
뿐이겠다…
그림을
그리는 것은
자연이지만
그것을
보는 것은
우리들의 마음
~

어디를 가든지
가면 길이 된다
무엇을 하는지
나의 흔적이 남는다
나의 뒷모습이
어떤 모습인지
나는 모른다
나의 뒤에
따라오는 그 누가
알겠지…
누가 없어도
누가 나를
하염없이 바라보고
응원하다 생각하자!
그리 하면 멋진
뒷모습
선명한 발자국
탄탄한 길이 되리…

청춘도
아니고
단풍도
아닌데
왜!
떨어지고
애틋하게
하얀 눈은
왜!
내리고…
그 속에
뒹구는…
세상은
참
오묘하다

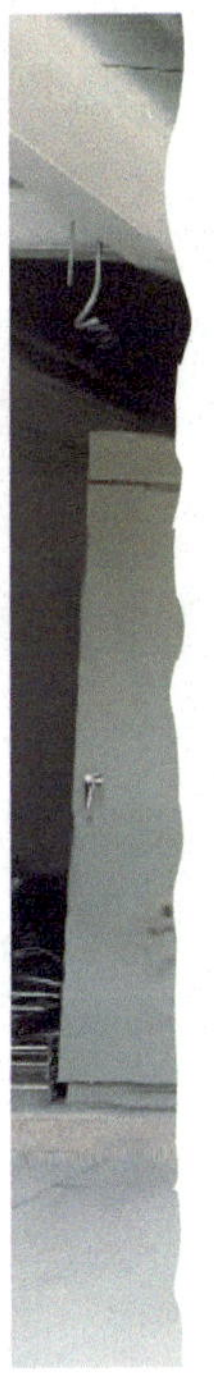

방법을
물어보면
안 배운
것이라 하고
방법을
알려주면
아는 것이라
한다

12월호 기차는
너무 빠르다…
기차 철로를
자르든
기차를 막아
세워보리?
무엇이든
해보자
잠시 멈추어
보게…
이제 5개 역이면
또 다른 기차를
타야 한다…

아쉬움가득

바람 부는
구름 따라
생긴 대로
길 따라
흐르는
물 따라
비 내리면
비를 맞고
해 뜨면
해 맞고
가면 되거늘~
그 속에
고통도
즐거움도
존재하리…
삶이 뭐
특별할까~!

어느 것이든
자신이
편한 대로
자신이
보이는 대로
판단하지
말자…
세상의
모든 것은
대체적은
있어도
절대적은
없다!

말하지

않아도

알아요

그저

관심입니다…♡

한탕주의자들은
이번이 마지막을
주장합니다…
결국 다시
돌아오지 못합니다…
현명한 사람들은
수없이 많이
건너고 돌아오곤
합니다~
멋진 좋은 사람이
함께하는 주말이
되시길요~!

내가
만난
모든
분들
나의
은인
이다!

할 수도
안 할 수도
해도
안 해도
생기는 것이
의심이다
이 눈꽃 속에
봄이 있을까?
찾아대는
관심은 좋은 거
같다~!

왜 보니?
볼수록 별루 같지만
이 세상에서
가장
아름답고
이쁜 건
바로 당신입니다~
매일
제일
많이
보잖아??
그리고 내일 다시
만날 수 있고…
너무 좋은
나!
<u>스스로</u>
소중히 해용♡♡

차디찬
겨울 속에
자라는 생명
얼어붙은
대지에
새싹이 움튼다…
춥지만
우리는
콩닥 뛰고 있는
뜨거운 심장이
있다…
꺼지지 않는
가슴의 난로로
이 겨울을 불태우리!

게으른 주인은
없다…
좋은 마음으로
솔선하는
머슴은 드물다…
돈을 싫어하는
이는 없다!
바라지말고
두손 두발 움직이자
아주 쉬운 정답!
막연한 바람이나
기도는
정신을 혼란하게
하리라…!

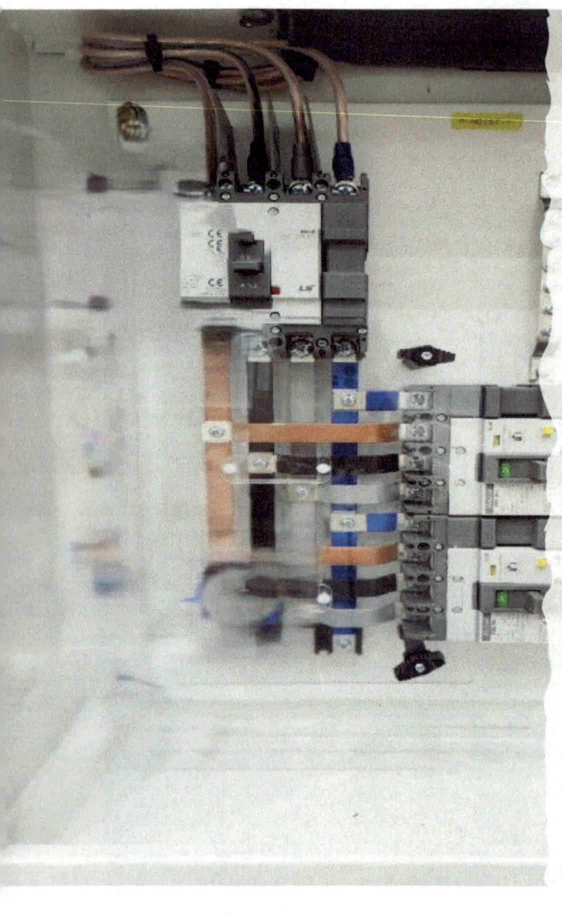

말을 잘 듣고
잘 이해하여
일을 신속하고
안전하게
일을 잘한 후
완성한 일과
주변이
깨끗하다면
최고의 사람!
크게 성공하리라

내 직원들에게

겨울밤에
밤새 부는
바람
그 바람이
이 바람…
하나의 바람이
나를 깨우네…
파도가 바다를
흔들듯
바람은 대지를
흔드네…
그 누가
나를 흔들랴

우중충 겨울날
나가보니
쌀랑대는
바람이지만
축축이
메마른 풀숲 속에
봄 끼가 빼꼼
나를 쳐다본다…
진짜야!

제일 쉽고
가장 좋은
기술은
부지런함
이다!

어디론가로
가야 할 길…
떠나는 길
길의 끝은
포근한
안식처일까?
혼란처일까?
무던히 걸어간
길의 마지막은
내 님의 품이어라…
그래서
길 가는
나그네는
지치지 않으리…

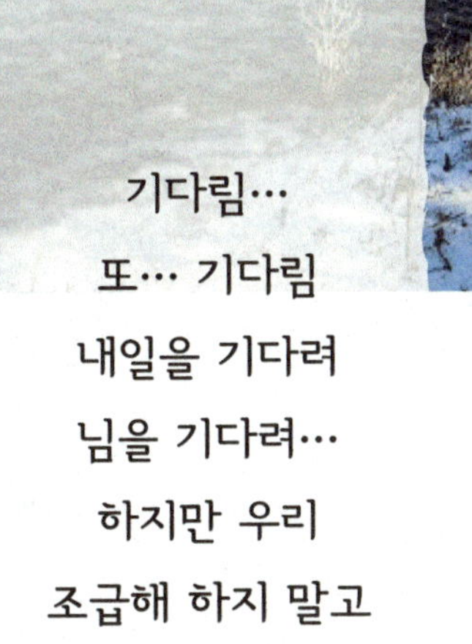

기다림…

또… 기다림

내일을 기다려

님을 기다려…

하지만 우리

조급해 하지 말고

하늘을 보자

돌 모양새도

보고

휘어진 나무도

보고

오묘한 세상도

보고

삶의 여유를

찾아보자!

잔잔한

호수처럼…

전생
환생은
없다!
현생만
있을 뿐…
어제에
매달리지
말고
내일을
기다리지 말고
오늘을
소중히

부귀영화
호의호식
명품 명성
필요 있을까?
비바람을
가릴 수 있는
움막…
적당한
동전 한 닢
웃고 울고
다투는
내 님과 함께
내 마음이
편한 것이
최고의
행복일 듯~

천국, 극락을
믿는 사람들…
왜!
같이
가려고 하고
왜!
먼저 가라 하고
왜!
자신은 가지 않으려
애를 쓰는가?
음…
그건
더 많은
중생들을
극락, 천국에
인도하시려는
가상한 마음일 것
나는 그렇게 믿는다

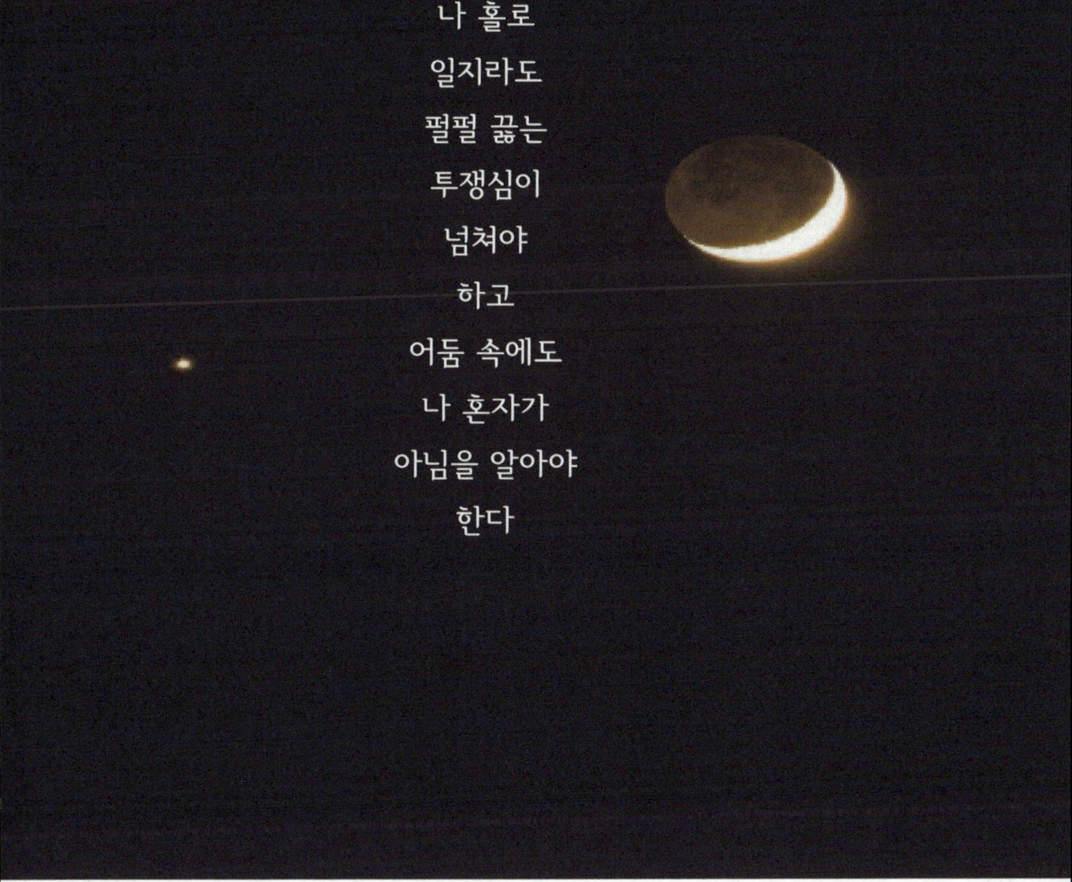

나 홀로
일지라도
펄펄 끓는
투쟁심이
넘쳐야
하고
어둠 속에도
나 혼자가
아님을 알아야
한다

생각의 번뇌
가슴의 응어리
가끔은
버리는 것도
현명하다!
차라리 저
뜨거운
웅덩이에
내 육신
던져버리자~
행동하는 양심

생각한 말
하고 싶은 말
모두
전달 못 한다
해도
천천히
똑바로
말하자
한마디라도
정확하게
전달하는 게
맞다

깊은곳은
채워가고
얇은곳은
재빠르게
굽이진곳
돌아가고
높은곳은
떨어지니
물결들은
슬기롭네
안양천을
만보걷다
새벽의龍

나는
신사이고.
싶다…
이런 저런에
흔들리지
않고
깔끔한!

성산전기

1990년 02월 01일

개업

주식회사 성산전기

2026년 02월 01일

창립 37년으로

긍정적

적극적

진취적

하면 된다는 신념으로…!

成山(큰 산을 이루자!)

주)성산전기

대표이사 한용희

충성과 효도 함께 할 수
있을까? 삼국지에서의
서서는 유비에게 유능한 군사였다
많은 활약을 하는 서서가 효자임을 안
조조는 그의 어머님을
미끼로 서서를 데려온다…
그의 어머님은 성군을 버리고 이곳에
'왜 왔느냐?'라면서 자진한다.
서서는 효도도 충성도 못 하고 만다
이에 제갈공명은 부모님 모시고 학문을
익힐 때 유비의 삼고초려에
감동하여 어머님을 숨기고
유비 진영에 와서 죽어서까지
충성을 다한다
하지만 천하통일이라는
대업은 이루지 못한다…
가까이 볼 때는 효이고
멀리 봐선 충인 듯하다

갈 수도
못 갈 수도
있는 길
어디로
가는 길이
중요하지
않아요…
힘든 길이라도
가야 할 곳
가는 곳이
더 소중해
모퉁이… 돌면
그곳에
내 님이
있으려나?
가야지~

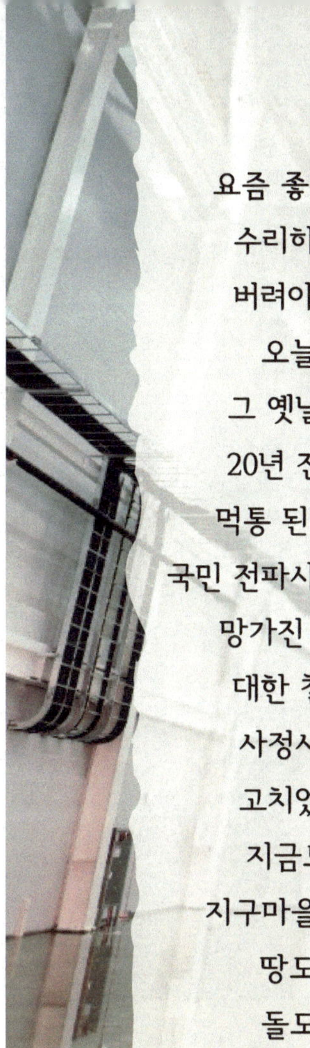

요즘 좋은 세상…
수리하지 않고
버려야 한다는
오늘날…!
그 옛날… 아니
20년 전만 해도
먹통 된 텔레비전
국민 전파사로(성산전기)
망가진 연탄집게
대한 철공소로
사정사정하여
고치었는데…
지금도 같은
지구마을 어디에선
땅도 파고
돌도 지고

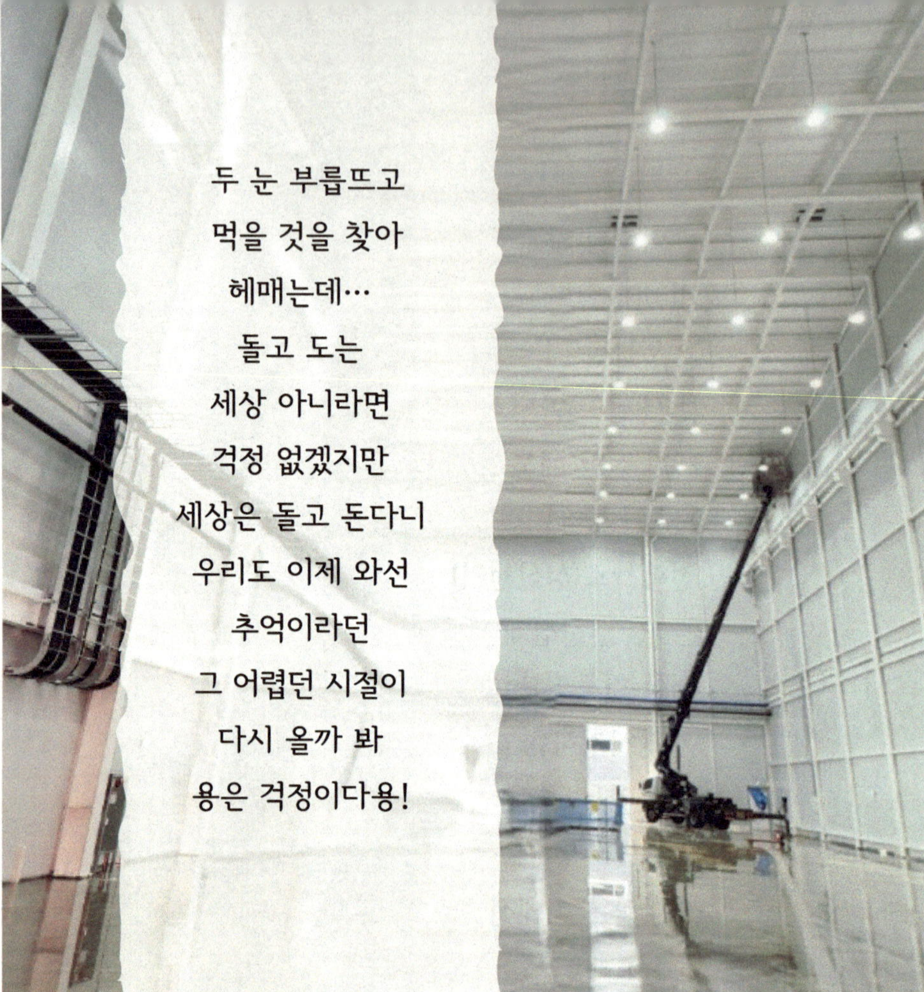
두 눈 부릅뜨고
먹을 것을 찾아
헤매는데…
돌고 도는
세상 아니라면
걱정 없겠지만
세상은 돌고 돈다니
우리도 이제 와선
추억이라던
그 어렵던 시절이
다시 올까 봐
용은 걱정이다용!

망설이지 마
어디론가
떠나봐
한눈팔지 마
무엇이든
바라봐
멍때리지 마
누구라도
생각해
더듬대지 마
다가가서
안아봐
거칠 거 없어
너와 나는
하나야

옷 벗은 바다와 龍

염불을
외고,
잿밥을
먹자!
아무것도
하지 않고
무엇을
얻으려
하지 말자는…
모든 일에는…
순서가
있다는!
희용의
생각~

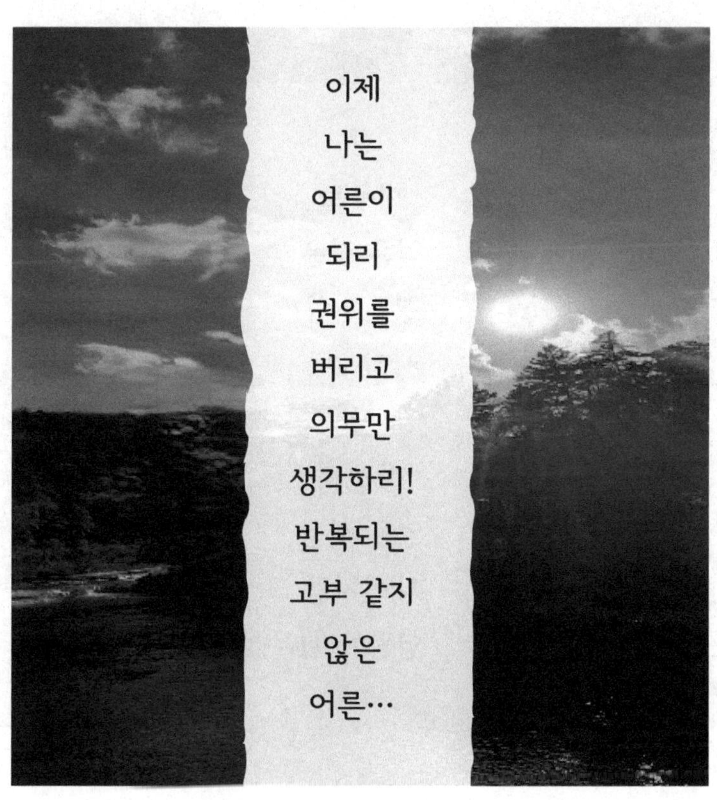
이제
나는
어른이
되리
권위를
버리고
의무만
생각하리!
반복되는
고부 갈지
않은
어른…

잔
재주로
얻은 것은
봄눈처럼
사라지나
땀
방울로
얻은 것은
태산처럼
영원하다!

내가
타고 가는
말이
다른 말보다
느리다 하여
갈아타지 말자!
다시 탈 말은
이미 누구에게도
선택받지 못한
말이었다!
갈아
타는 중에
남의 말은
이미
멀리 가있어!
느리지만
꾸준히
교감하며
전진하는
것이
좋은 방법
이다!

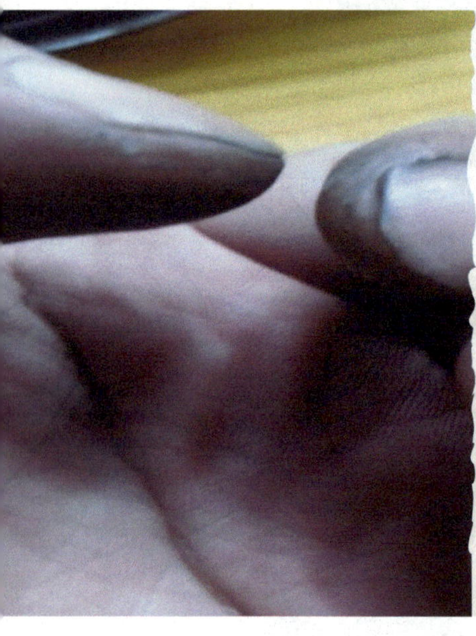

나는
내
손톱 밑의
때를
마음속
깊이
믿는다!

손때 교주
한용희

나를 생각하는
사람…
나는
그를 아껴주리
언제나 그와
함께하리!
산과
강이
막는다 하여도~!

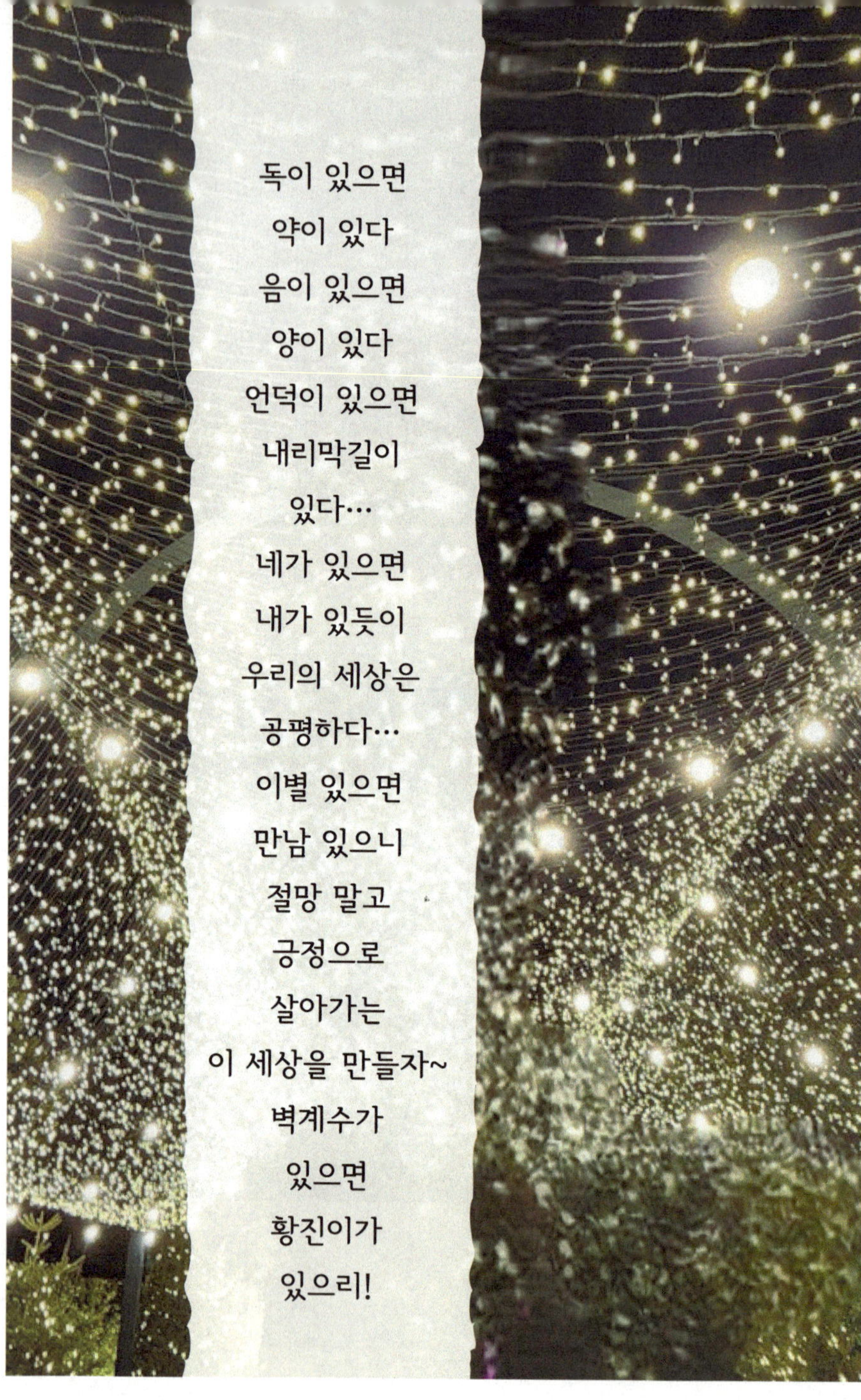

독이 있으면
약이 있다
음이 있으면
양이 있다
언덕이 있으면
내리막길이
있다…
네가 있으면
내가 있듯이
우리의 세상은
공평하다…
이별 있으면
만남 있으니
절망 말고
긍정으로
살아가는
이 세상을 만들자~
벽계수가
있으면
황진이가
있으리!

어려울 때마다
수없이 되뇐
일을 하자고!

돈 꾸지 말자!
외상 하지 말자!
없으면 굶어 죽자!

이기지
못하고
이루지
못함은
연습과 노력
끈기의 부족…
땀은 삶의
질을 높인다!
성취하지
못함은
스스로
탓하자!
모든 山은 누구나
오를 수 있다!

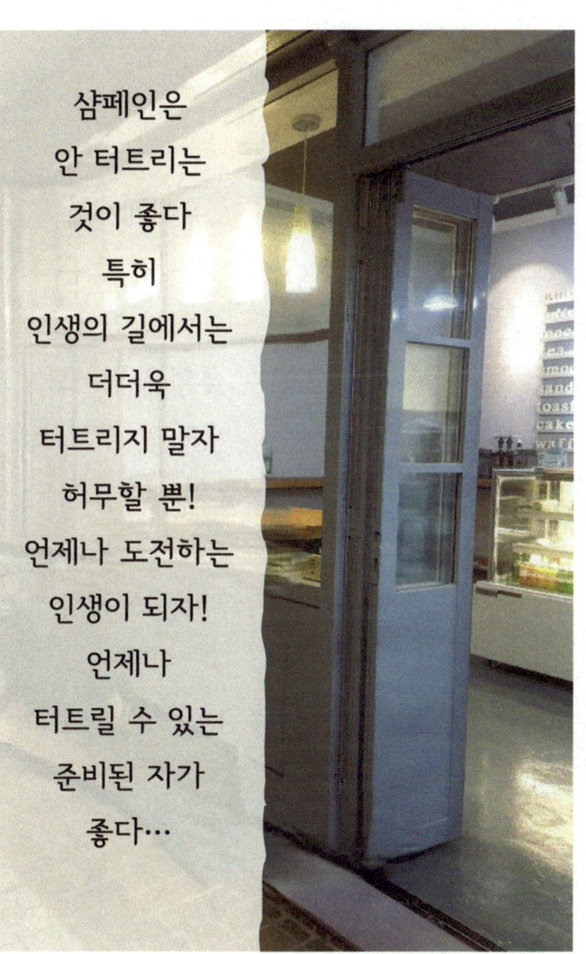

샴페인은
안 터트리는
것이 좋다
특히
인생의 길에서는
더더욱
터트리지 말자
허무할 뿐!
언제나 도전하는
인생이 되자!
언제나
터트릴 수 있는
준비된 자가
좋다…

우리에게는
지나간 좋은
추억이 있다…
추억은 먹어도
배도 안 부르고
굶어도 고프지도
않으면서
우리를 행복하게
하네…
추억… 추억… 추억…

나는
너의 마음
모르고
너는 나의
마음
모른다…

세월 따라
많아지는
나이 숫자는
너그러움의
점수로
메기고
오늘
열심히 걸은
걸음 수는
앞으로의
행복할 숫자로
여기자!

요즘 쌀쌀하고 까칠한
바람
늘 그렇게 바람은
슬그머니
봄을 실어 나르네
황망한 대지에…
그러다 슬그머니
봄바람이 되다…

요즘은
계절의
전쟁터!
배수의 진을 친
차가운 겨울
호시탐탐
스며들어
빈틈 녹이는
부드러운 봄!
누가 이길지…
궁금하다~

젊음은
유한한
재산…
노력한
기술은
무한한
자산…
유형의
재산은
소모되지만
무형의
자산은
소멸되지
않는다

배우고龍
익히자龍

사랑이란
얼음처럼
차다가도
봄눈처럼
녹는 거다
겨울 다음
봄이 있어
존 것처럼…♡

삼일절 아침
추적추적
봄비가 내려…
얼어붙은
대지에
스며들어
봄의 씨앗을
깨운다…
너의 마음에는
봄이 왔는디?
내 마음에는
언제나
봄이 오려는지?
늘 가을인 듯
산다

삼월에는
눈도 오고
비도오고
꽃도 핀다
그리고도
안양천을
걷게 되어
너무 좋아
하나둘셋
삼월이가
보고프다~

바람 불면 흔들릴 줄도
알고
내 몸의 몇 잎 정도는
떼어줄 수 있는 나무
추워도 더워도
눈비가 내려도
이 자리를 지켜주는 나무
우리는
나무 같은 존재여야
한다…

바~람들이
밤새 사납게
싸우는 소리에
잠 설치다.
이 바람, 저 바람
어느 바람
편 들어줄까?
더 이상 질 수 없는
봄바람이
차갑던 겨울바람을
매섭게 몰아붙이네!
겨울바람은
대지에 봄에
스며들어
風생을 다하네

꽃피는
삼월이라
피었더니
겨울옷도
없는데
눈보라
몰아치네…
아름다운
꽃은
그 어느 것에
굴하지
않는다
한없이
사나운
꽃들의 전쟁!

추워도 이쁜
홍~매화

감출 수 없는
나의 얼굴…
숨길 수 없는
나의 마음…
거울을 보라!
그대로 보여
생각해 보라!
두근거린다
얼굴과 마음은
다를 수 없어…

굴하지 않은
한줄기 세 새잎

늘 이 자리에
가지도
오지도
안 하면서
오는 배
가는 배
보내고
기다려주는
부두의 사랑

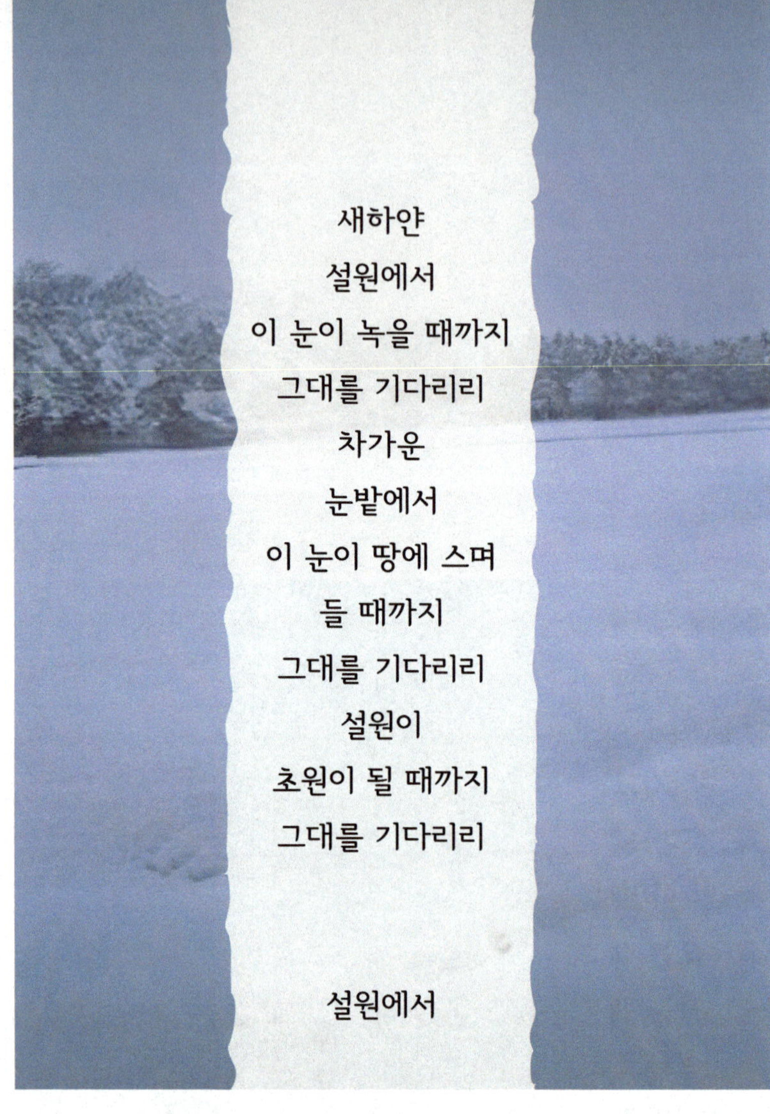

새하얀
설원에서
이 눈이 녹을 때까지
그대를 기다리리
차가운
눈밭에서
이 눈이 땅에 스며
들 때까지
그대를 기다리리
설원이
초원이 될 때까지
그대를 기다리리

설원에서

오늘은
열두 시부터
열네 시까지
안양천을
걸으면서
봄을 만나려
합니다
어떠한 유혹이
있더라도
봄 처녀의 꾀임에도
봄만 보고
돌아올 거예요!~
꼬옥~!

우리들은
자신의
잘못을
스스로는
용서를 잘한다
그런데
상대방의
실수를
인정해 주기엔
큰 용기를
필요로 한다
용기 있는
사람이 되자

꽃이 피어 봄이
아니고,
살랑 불어
봄바람이
아니고,
꽃은
우리들의
마음에서
피고
봄바람은
우리들의
가슴에서
부네,
스멀스멀
내 마음을 벗으니
봄이 온다

해도 가린
미세먼지가
많은 날이네요
높은 코 마스크는
물론
당신의 깨끗한
마음도 흐려지지
않도록
내면의 마스크를
만들어요~

나는 저 너른
들판의 들풀
남자는 들풀처럼
살아야 한다
보잘것없는
것이지만
밟아도
꺾이지 않고
다시 일어서는
한줄기 들풀!
꽃은 꺾여
사라져도
나는 밟혀도
다시 일어선다

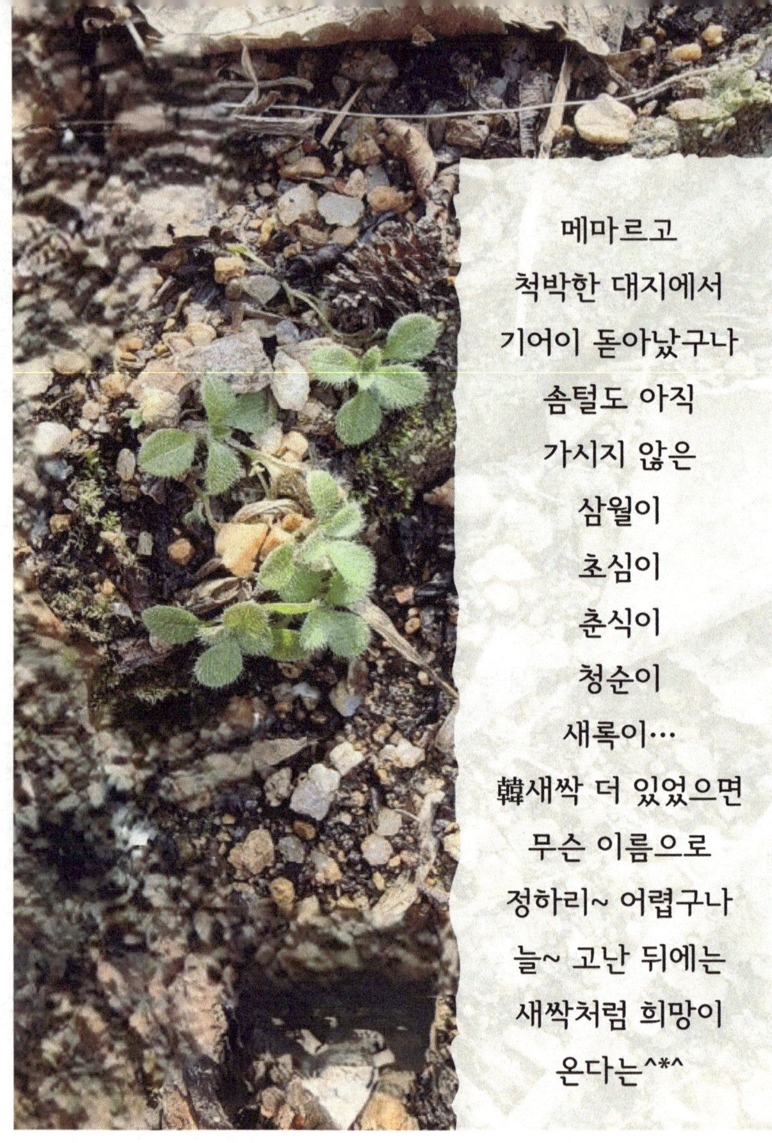
메마르고
척박한 대지에서
기어이 돋아났구나
솜털도 아직
가시지 않은
삼월이
초심이
춘식이
청순이
새록이…
韓새싹 더 있었으면
무슨 이름으로
정하리~ 어렵구나
늘~ 고난 뒤에는
새싹처럼 희망이
온다는^*^

촉촉한
봄비 맘마 먹어
똘망뽕망
피어난
큰개불알풀꽃!
겨우내
흙 속에서
못다 한 말
하느라
정신이 없네~
내 이름을 탓하지
말아줘…
너두 꽃 나두 꽃
우리는 꽃으로
활짝 피어나~

저~ 멀리
깊고 조용한 산
그윽하게
내려다보는
우뚝 소나무!
솔잎 위 살포시
이따 금방 녹을
안타까운
백설화눈
맑고 푸른 강물은
덩실둥실~
배를 업고 흐르고
잔잔한 江心에
앵긴 배는
신나는
우리들을
안고 떠난다~
봄과 겨울이
줄다리기하는
이 수려한 강산에!
산막이옛길~

새벽을 보는 남자

남들처럼일 하면
당연히 그들보다 못하다

기다리고
보내고
가고 오는
추억의 정거장
눈 빠져라
기다리고
아쉬움에
보내고
기쁨에 오고
아쉬움에
가는
그런 정겹고 멋진
정거장이면
너무 좋아~
딸들 마중

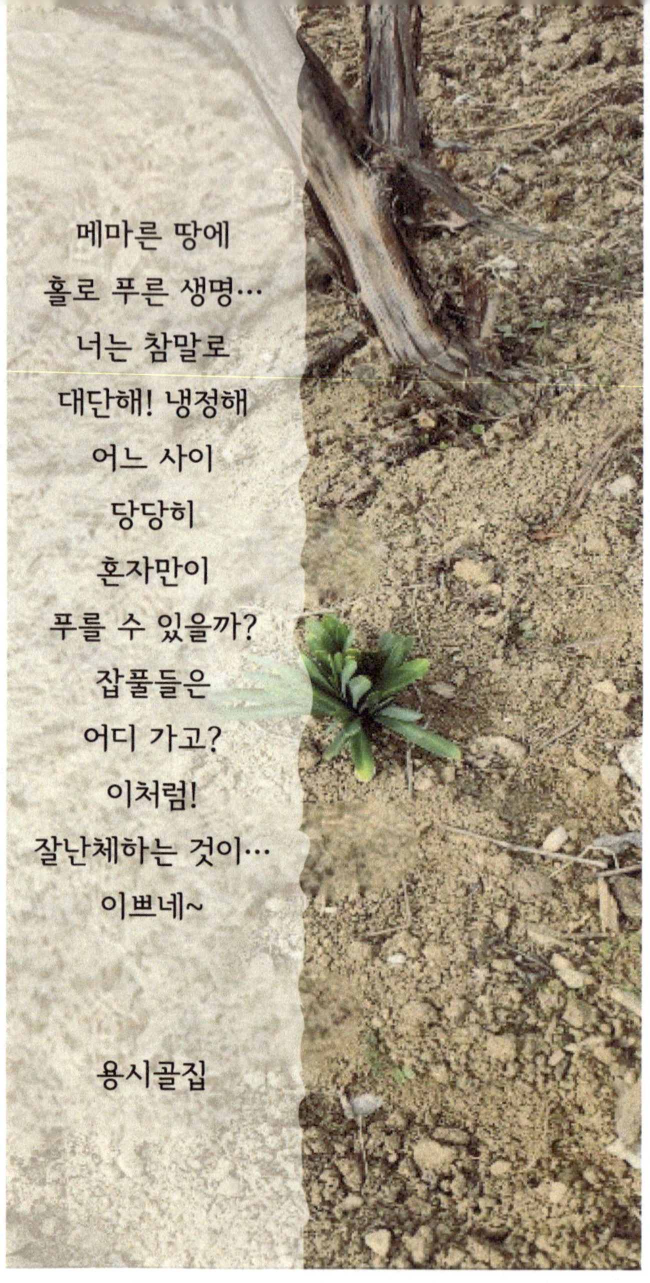

메마른 땅에
홀로 푸른 생명…
너는 참말로
대단해! 냉정해
어느 사이
당당히
혼자만이
푸를 수 있을까?
잡풀들은
어디 가고?
이처럼!
잘난체하는 것이…
이쁘네~

용시골집

이런 강
저런 강
맑고 깨끗해
좋지만
우리들의
건강이
제일 좋아라~

나를
위하는
것은…
담배를
태우는 것이
아니라
젊음을
불태워
일하는
것이다!

그…
꽃은 으뜸인 척!
돌 틈에 피고…
그…
님은
잊지 마라
내 맘에 피고
나는
돌
같은
내 님 때문에
…

살면서
힘들다
하면
힘듦뿐이고
좋다 하면
좋음뿐이다
그것을
정하는 것은
오직
나! 자신이다…

눈꽃은 사라지고

아득히 먼 달을

보니

거울처럼

지구별이 보이네

그 속에

잊혔던

우리들이

존재하고

가다 보니

만나는구나

지구도

달도 둥그니까~

☆소리
다 듣고
견디고
살다 보면
☆의거
다 먹고
즐기고
사는
세월이 온다

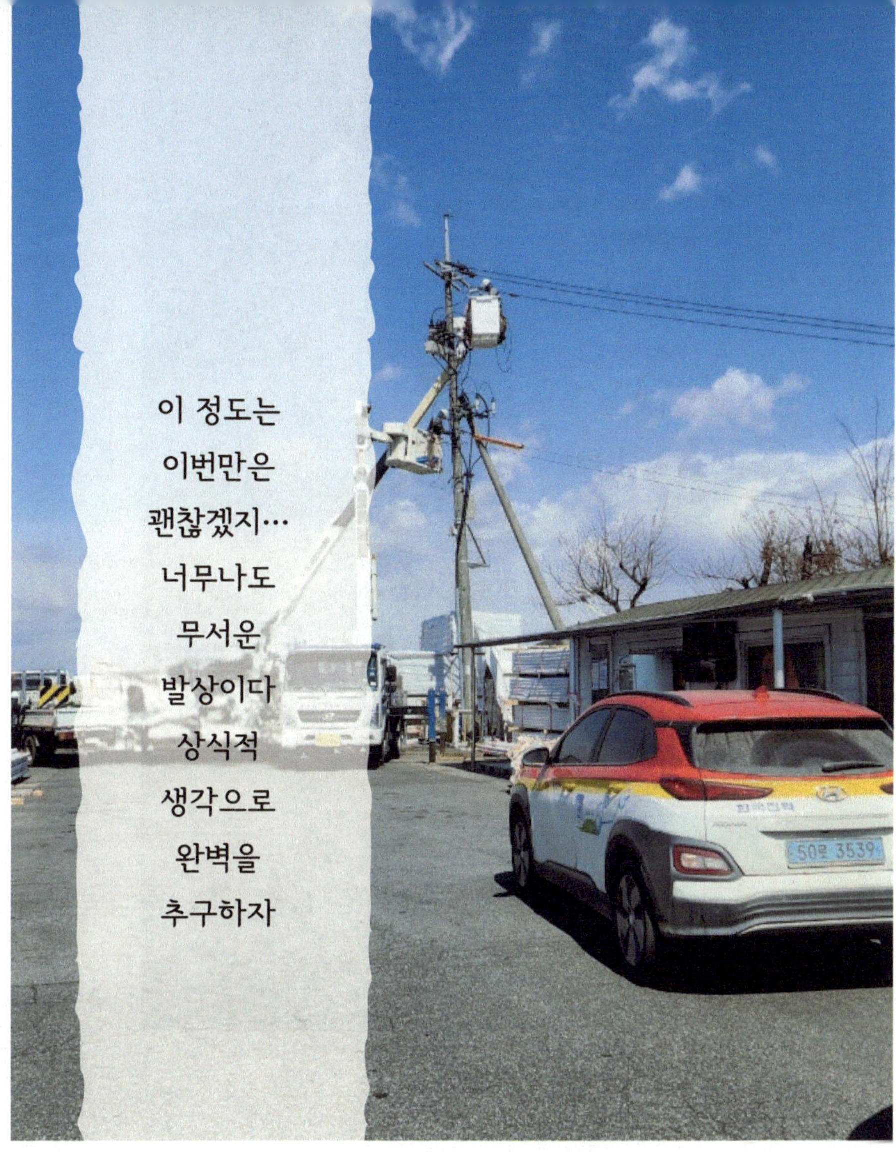

이 정도는
이번만은
괜찮겠지…
너무나도
무서운
발상이다
상식적
생각으로
완벽을
추구하자

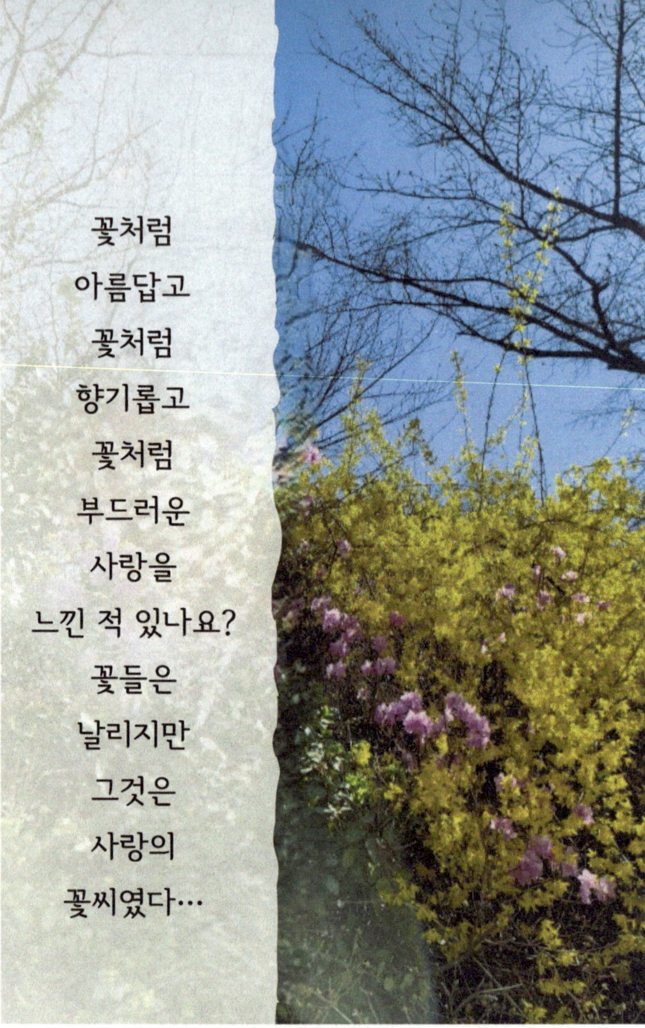
꽃처럼
아름답고
꽃처럼
향기롭고
꽃처럼
부드러운
사랑을
느낀 적 있나요?
꽃들은
날리지만
그것은
사랑의
꽃씨였다…

기다리고

있는데…

빨강 등대.

하얀 등대…

노랑 등대…

유혹하는

세 개의 등대

어느 등대에서

기다려야

되는지!

헤매는

작은 저 배가

야속하다

기장군

부산시

꼼장어

흔해빠진
나
그래도 꽃
잡초 속에
살아나
귀화가 되리~
그리고
찬란하리라~

지난날들
연연하지
말자
돌아올 날
왈가왈부
말자
지금 오늘
오로지
당장을
생각하자

별은
하늘에서
빛나고
파도는
바다에서
넘실대는데,
내 가슴은
어디에서
두근대나?
그대의
마음속에서
흔들리고
싶다… 심하게!

오월에는
그대에게
장미 한 아름
선사하리~
꽃잎 진사 월의
아쉬움을
던지고…
아름 장미의
향기는
그대 가슴에
품어주고~
장미의 가시는
내 가슴에
심으리!

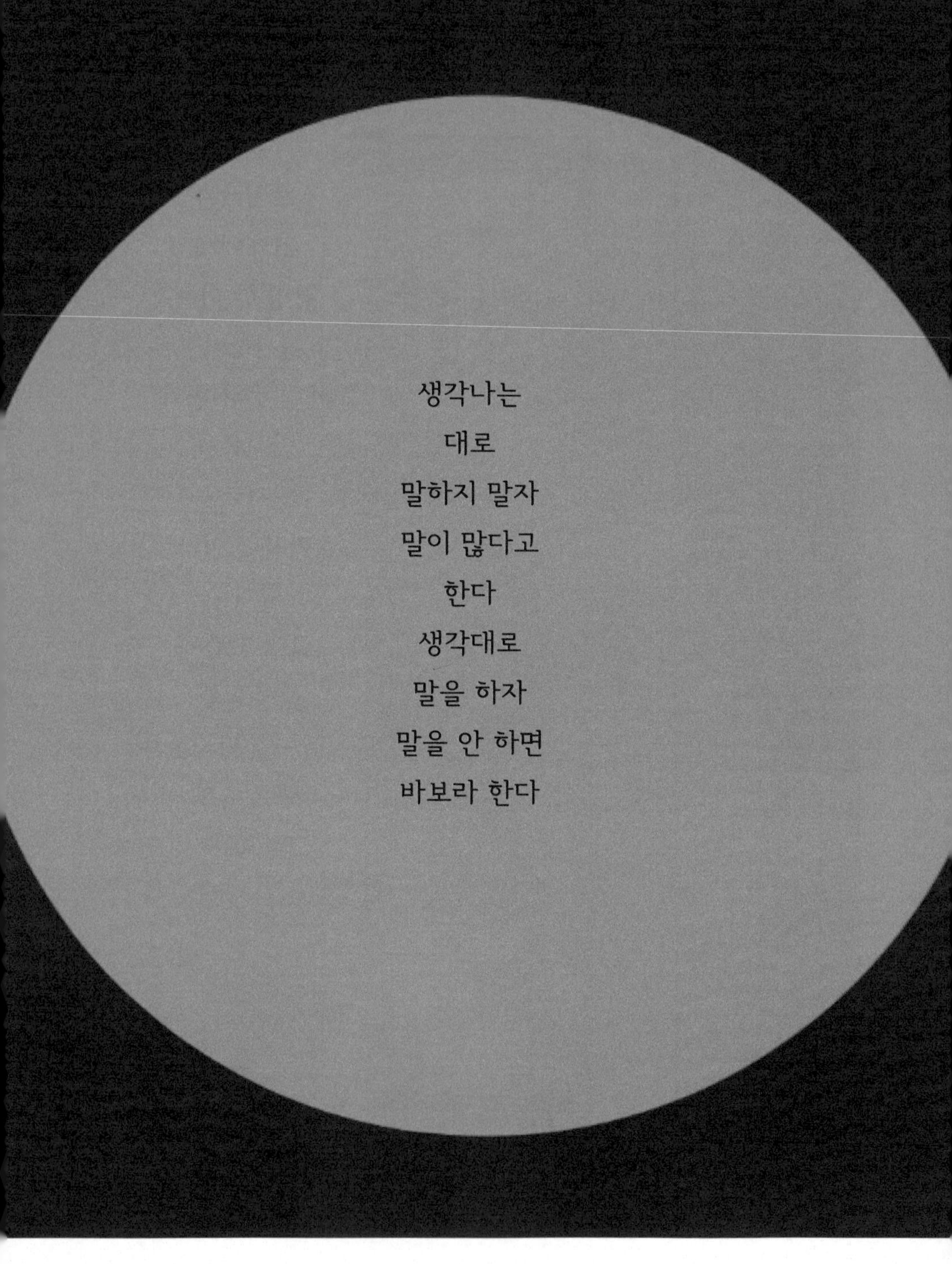

생각나는
대로
말하지 말자
말이 많다고
한다
생각대로
말을 하자
말을 안 하면
바보라 한다

계절의 여왕
신록의 계절
오월의 변덕이
심하다…
춥기도 하고
덥기도 하고
바람도 불고
비도 내리고
흐리고 맑음
꼭
내 마음 같다~!
그래서
오월의 장미는
가시와 꽃잎이
함께하는가
보다!

오월의 은혜
아주 작은
은혜라도
크고 작고
아래와 위
따지지 않고
오래도록
갚는 것이
은혜이다…

돈이 죄지
사람이 죄냐?
술이 죄지
사람이 죄냐?
라는 말…
돈이나 술은
잘못이 없다!
그것을
다루지 못하는
사람이 죄다!
감히
가만히 있는
돈과 술을
탓하지 말라!

숲이 우거지고
길은 좁지만
많은 이들이
다녔나 보다
길거리가
깨끗하다
울타리가
허술하여
누구나 들어올 수
있다!
내 맘의 울타리는
없는데
아무도 오지
않는다…

아무리
빨리 걸어도
천천히 뛰는걸
따라잡지 못한다
아무리 뛰어도
꾸준함을
잡지 못한다…
인생의 길이
그렇다!

은혜스러운
카네이션과
사랑스러운
붉은장미를
주고오월은
푸르게간다
아쉬워말자
우리들에겐
내일이있다
언제나희망

검은 구름과
붉은 태양은
어찌하여
싸우는가?
요동치고
타오르고
구름은 걷히고
태양은 노을 되어
평화롭기를~
진흙탕 시대~

태양은…
어떤 일이
있어도
어김없이
떠오르지만
그 주변의
모습은
같을 수 없다
태양은
늘….
내 마음을
아는듯하다…
흐릿한
내 마음을!

어제의
다짐과
맹세도
빈죽
한방에
망가지는 게
인간사…
그러지
않게
사는 삶이 되는
오늘이 되기를~!

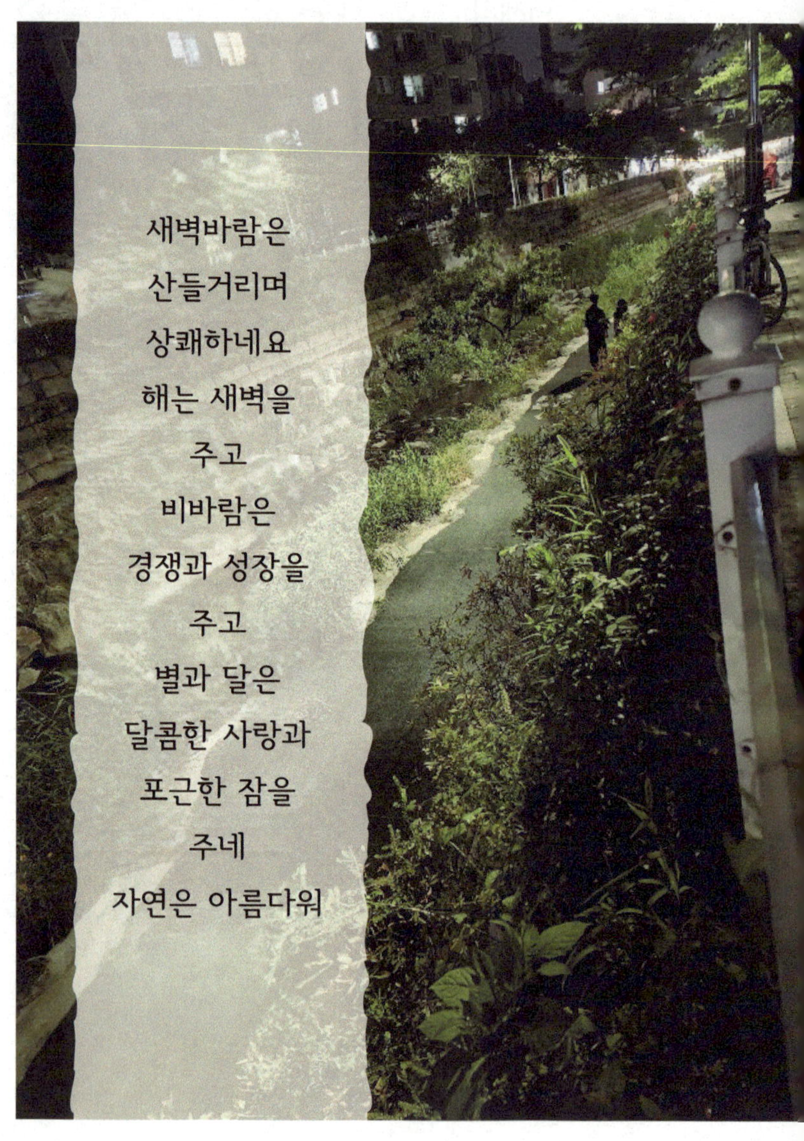

새벽바람은
산들거리며
상쾌하네요
해는 새벽을
주고
비바람은
경쟁과 성장을
주고
별과 달은
달콤한 사랑과
포근한 잠을
주네
자연은 아름다워

돌과
나무
해와
구름 속에
나는
돌 틈 속…
나뭇가지
사이에서
너를
생각한다
구름 아래
안개가 된
이슬을…

나를
적시는 것은
그대의
눈망울뿐
우산도
막지 못하네
용용

여름은
젊음의
계절…
이 여름에
피는 꽃도
있다…
열정은!
언제나 스스로
마음먹기에
다르다
꽃이 필 땐
몰랐으리…

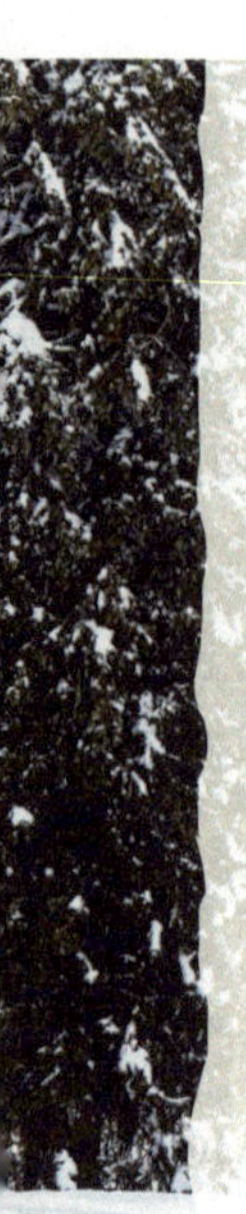

저곳에서
추워
죽을 똥 했던
시절을
생각해요…
아무리
더워도
우리의
심장이
더 뜨겁다는~!

생각해용
이세상은
호락호락
하지않다
먹고싸는
이모든것
쉬운일이
없는것을

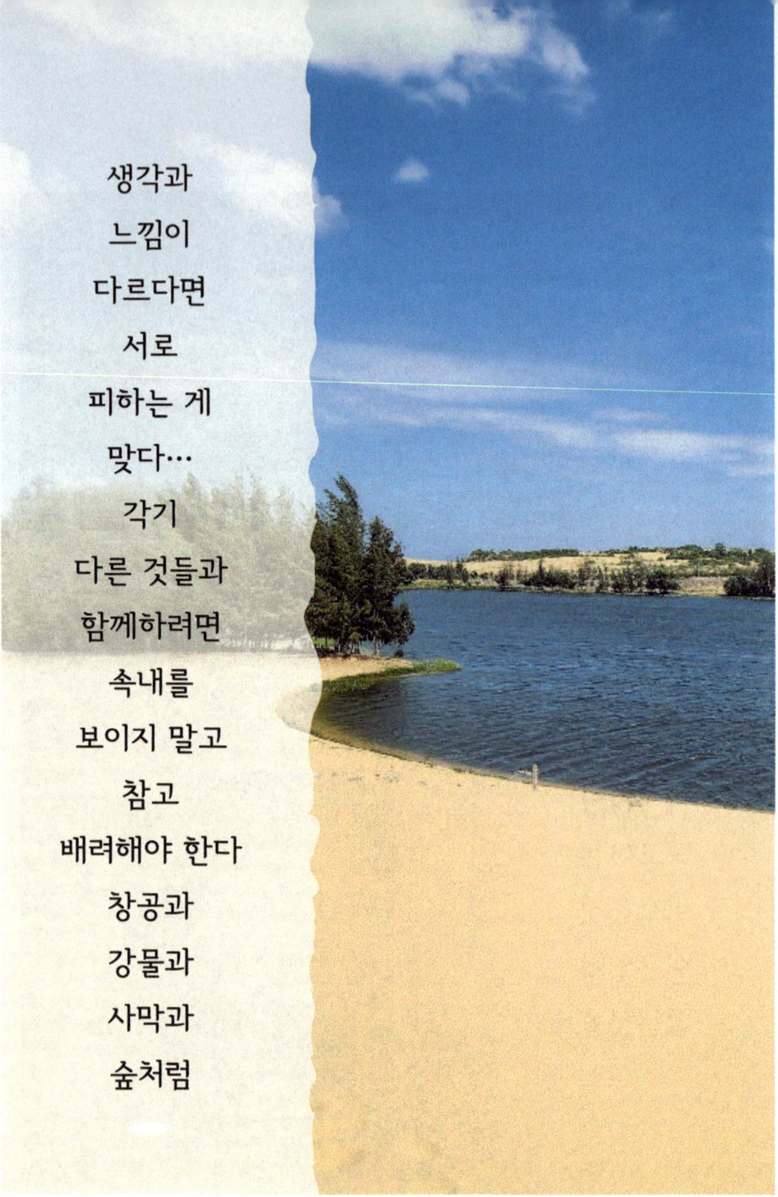

생각과
느낌이
다르다면
서로
피하는 게
맞다…
각기
다른 것들과
함께하려면
속내를
보이지 말고
참고
배려해야 한다
창공과
강물과
사막과
숲처럼

새벽 조깅 길…
가는 길은 멀어도
그냥 가지만
오는 길은 조급하고
힘이 드네…
오는 길에
정해진 길과
지름길이 있네…
두 갈래 길은
늘
나를 망설이게 해~

용희한은
정해진 길

꿈을 꾸는 자
행복하리
이 순간
누리는 자
이 세상을
가지리…
너도나도
모두 가져가라~!

아침에
눈 뜨고
누워 있는 자
시시때때로
잠이나
자는 자…
휴일이라
하여
점심때까지
잠이나
자는 자…
나는
그들이
부럽다…!

그 옛날…
음악 들으러
괜찮은 미스 김♡
운동경기…
꽤 많았던
그 다방들은
어디로 갔을까?
미스 김, 박, 최들은
어디에 있을까~

살다가 사람에
치이느니
걷다가
돌 부리에 치여라
누군가 그리우면
하늘 보고 별을 헤자
기다리지 말고…
몸이 춥거들랑
그래도 님
찾아가라!
세상은 너를
버리지 않았다
걷다 보면
땀방울이
너에게
밑거름이 되리

화려한 의상
빼어난 자태
누구보다
미끈한 네가
나는 부럽당
너는 복권을
사지 않아도
되고…
그냥 집 짓는 것이
일이구나~ ㅋ

오늘은
꽃이
꽃처럼
보이지
않는다

오늘은 잔잔하지만
너의 마음 난 몰라
나는 오늘도
너를 찾아왔어
그래 이대로만
있어줘!
님은 나를 기다리지
않았다~

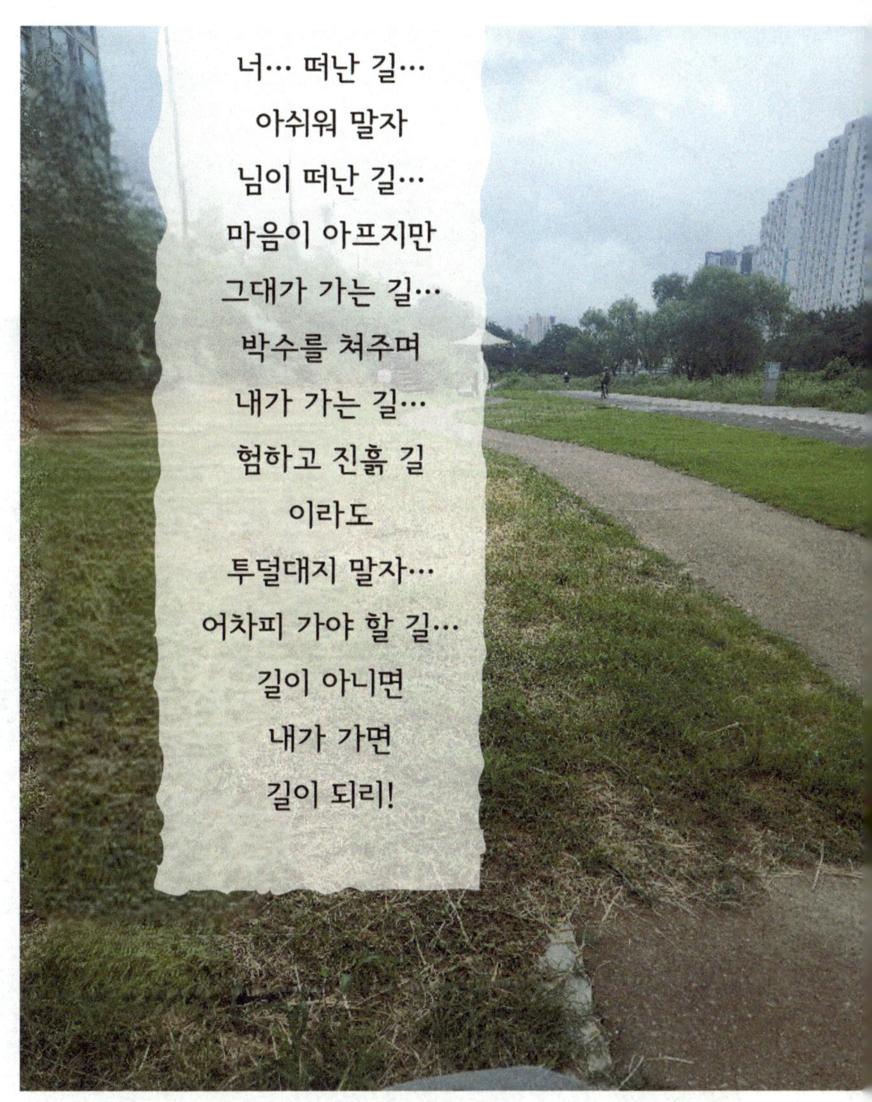

너… 떠난 길…
아쉬워 말자
님이 떠난 길…
마음이 아프지만
그대가 가는 길…
박수를 쳐주며
내가 가는 길…
험하고 진흙 길
이라도
투덜대지 말자…
어차피 가야 할 길…
길이 아니면
내가 가면
길이 되리!

아픔이 되어
눈물 흘리는
사랑이
되지 않기를,
마르지 않는
샘물 같은… 사랑
반짝이는
별님들이
꿀단지에
담아지는… 사랑
그런 것이기를~!
그대는!

생각… 생각으로
죽고
생각으로 산다…
과거의 아쉬운 것들
생각한다면
그는 과거에
묻힐 것이고
현재의 숨 쉼을
기뻐한다면
그는 지금도
내일도 행복할 거다~
눈뜨니 좋아^^

뙤약볕 아래
배를 몰아라!
갈퀴를 내려
몰아보자!
굵고 짠 땀방울…
머금고
거친 숨소리
가슴에 담고
재첩 많이
왕창 잡아
내 마누라
기쁘게 하리~!

꽃의질투
피어보자
이뻐보자
누군가에
바라보여
꺾여지길
내꽃잎이
용희한

미소 연습 조깅 중
미소 짓다가
미소가
없어지게
하는 사람~
무표정 가다가
급하게라도
미소를 짓게
하는 사람~
미소 짓는
미소 짓게 하는
아름다운 사람
가을이구나^^

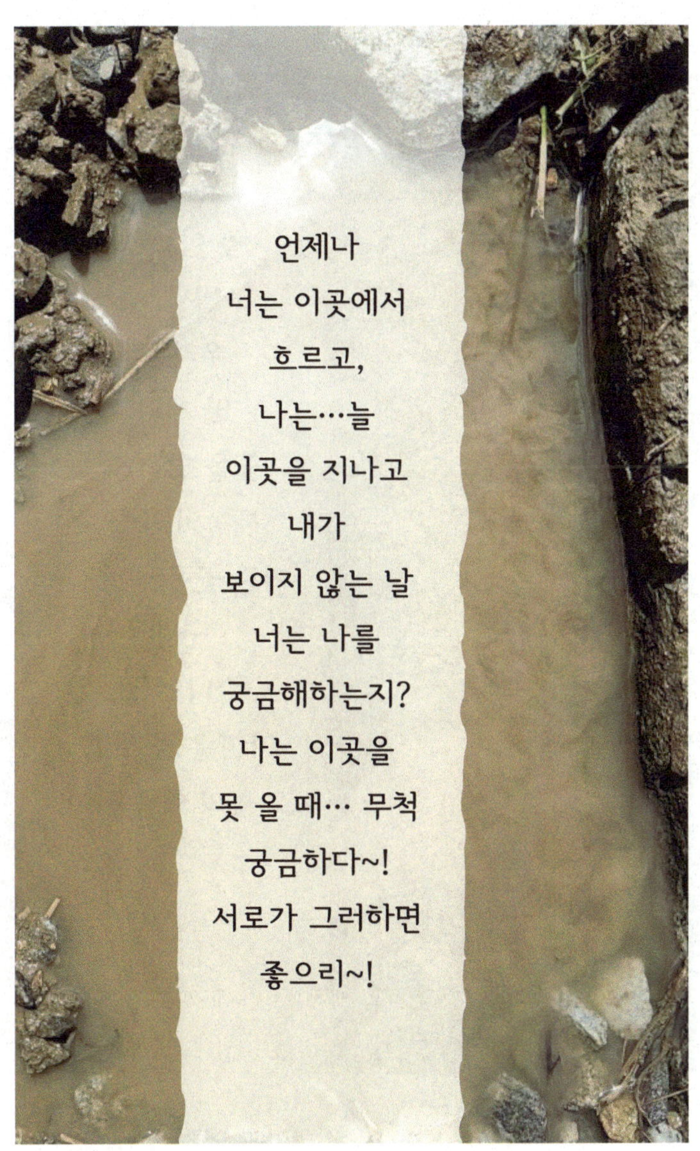
언제나
너는 이곳에서
흐르고,
나는…늘
이곳을 지나고
내가
보이지 않는 날
너는 나를
궁금해하는지?
나는 이곳을
못 올 때… 무척
궁금하다~!
서로가 그러하면
좋으리~!

꽃 이름이
뭘까?
우리는
몇 개의
꽃을 알까…
세상의 제일
이쁜 꽃은 뭘까?
그것은
나와
가까운 꽃이리
그 꽃의 이름은…

들판도
푸르른
바다만큼
멋지다!
그 여름도
이 가을에게
양보하고
가을은
배려하는
마음으로
살며시
뭉실오고

우리들은
남의
도움에 대한
기쁨의 마음은
게눈감추듯
사라지고
남의
서운함에 대한
원망의 마음은
기름종이
글씨처럼
지워지지 않는다
나도… 그래요

삶의 결실을
빨리 가려 말고
꾸준히 가자
「거북이 달린다」
영화에서
거북이를
본 사람 있는감?
그만큼 꾸준한
거북이는
용의주도
면밀하다~
우리의 삶도
꾸준히
멀리 보자

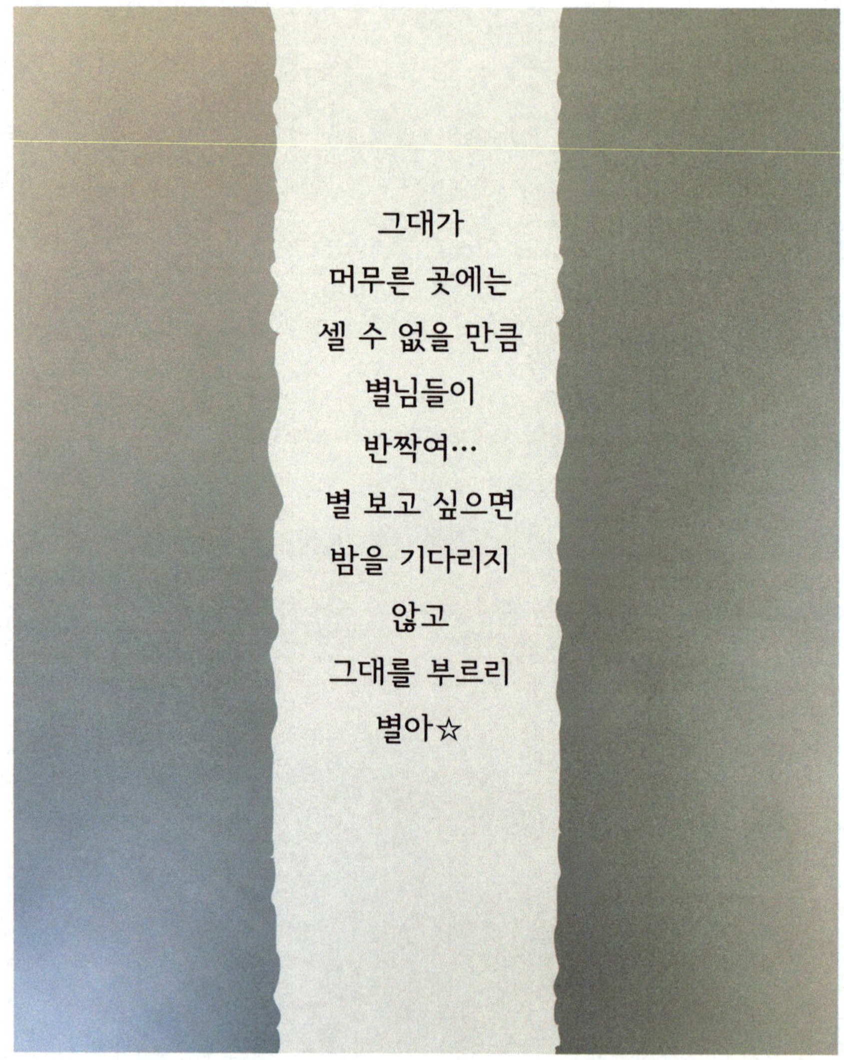
그대가
머무른 곳에는
셀 수 없을 만큼
별님들이
반짝여…
별 보고 싶으면
밤을 기다리지
않고
그대를 부르리
별아☆

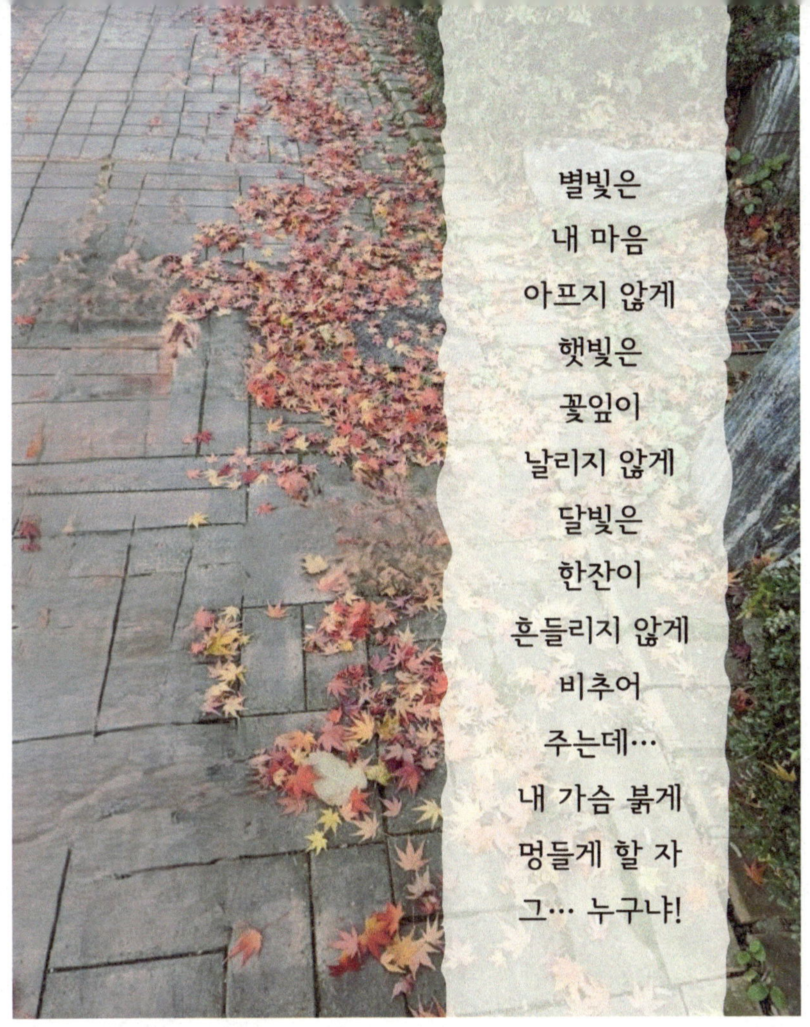
별빛은
내 마음
아프지 않게
햇빛은
꽃잎이
날리지 않게
달빛은
한잔이
흔들리지 않게
비추어
주는데…
내 가슴 붉게
멍들게 할 자
그… 누구냐!

지금 부르는
나의 노래
슬프면
슬픈 대로
기쁘면
기쁜 대로
들어주는 사람…
그리고 나는
그 사람의
노래에
박수를 치리… 지금

꽃과
여자는
단, 하루라도
관심을
갖지 않으면
꽃은
시들고
여자는
변한다…

자연과
함께하는 일은
여간 어려운 게
아니다…
소득 없이 뜨겁고
땀나고, 베이고
멍들고…
사방에 적군들이(벌레)
덤벼들고
자연을 호락하게
보다가는
호랑이에게
잡아가도
나는
모르겠다~!
힘들다
그래도 나는
자연이 좋아~♡

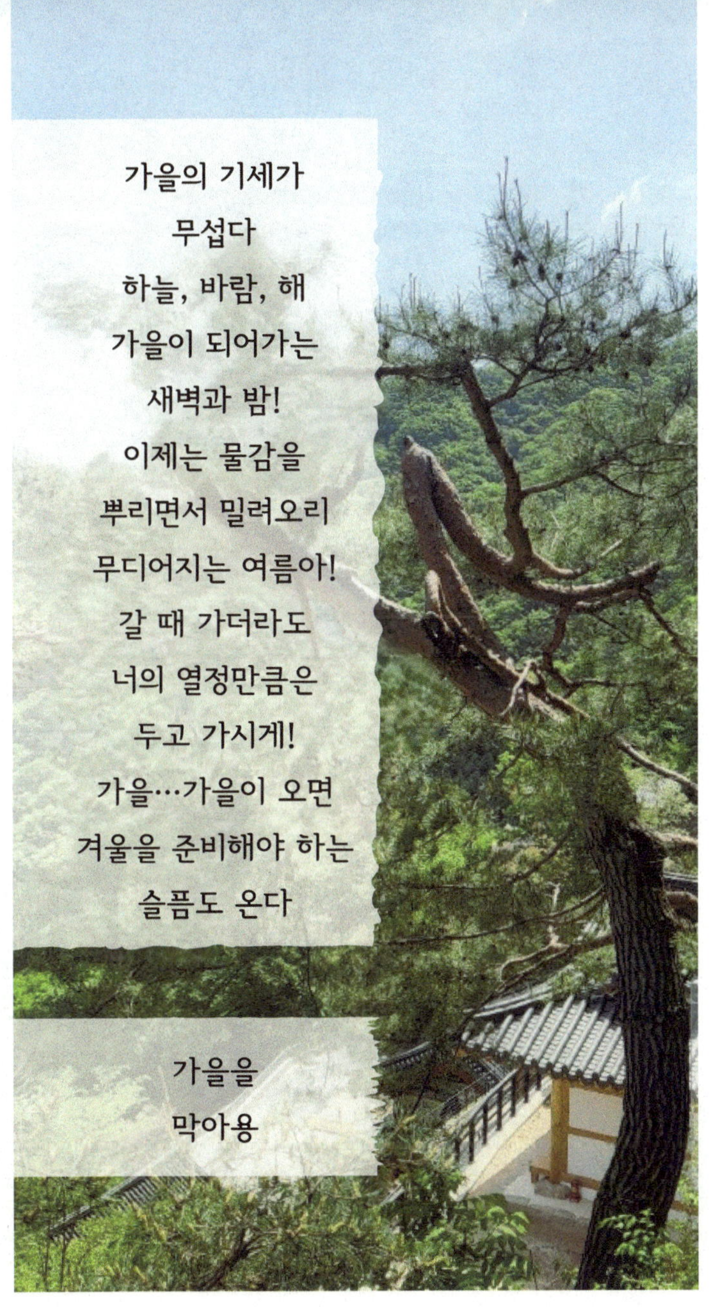

가을의 기세가
무섭다
하늘, 바람, 해
가을이 되어가는
새벽과 밤!
이제는 물감을
뿌리면서 밀려오리
무디어지는 여름아!
갈 때 가더라도
너의 열정만큼은
두고 가시게!
가을…가을이 오면
겨울을 준비해야 하는
슬픔도 온다

가을을
막아용

오래 뛰는 거
보다
멀리 뛰는 거
보다
빨리 뛰는 거
보다
꾸준히 뛰는 게
끝까지 뛰는 게
인생~

8월도 가고
여름도 가고
잘 가는 건
시간뿐…
그러면서
사람들은
언제나
내일을 기다려
오늘이 어제보다
더 좋으리란
희망을 가지다…
비가 내릴수록
한 움큼씩
가을은 쌓이고

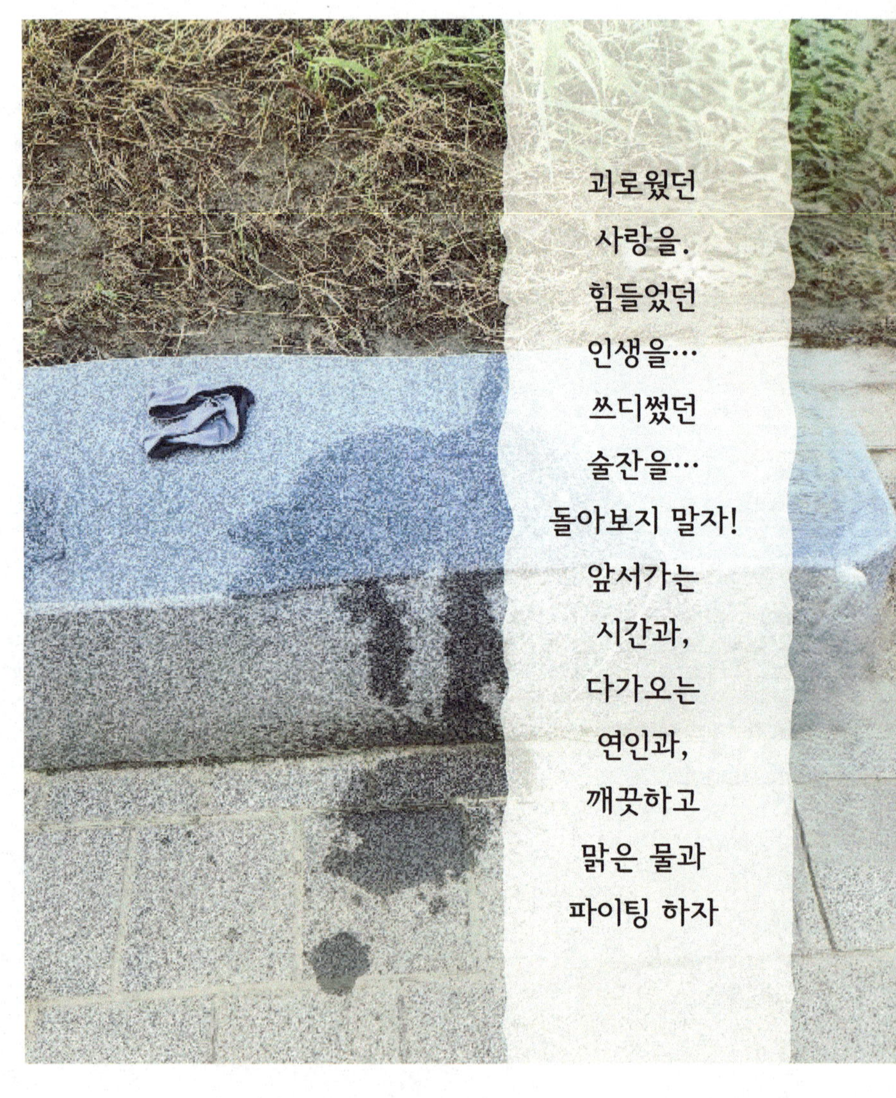

괴로웠던
사랑을.
힘들었던
인생을…
쓰디썼던
술잔을…
돌아보지 말자!
앞서가는
시간과,
다가오는
연인과,
깨끗하고
맑은 물과
파이팅 하자

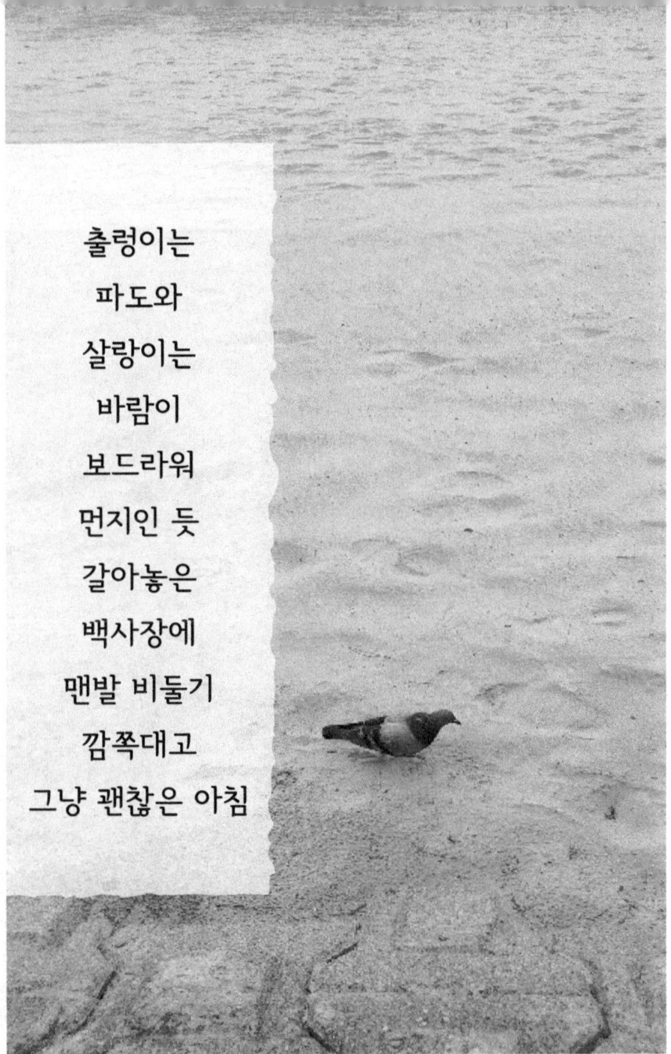

출렁이는
파도와
살랑이는
바람이
보드라워
먼지인 듯
갈아놓은
백사장에
맨발 비둘기
깜쪽대고
그냥 괜찮은 아침

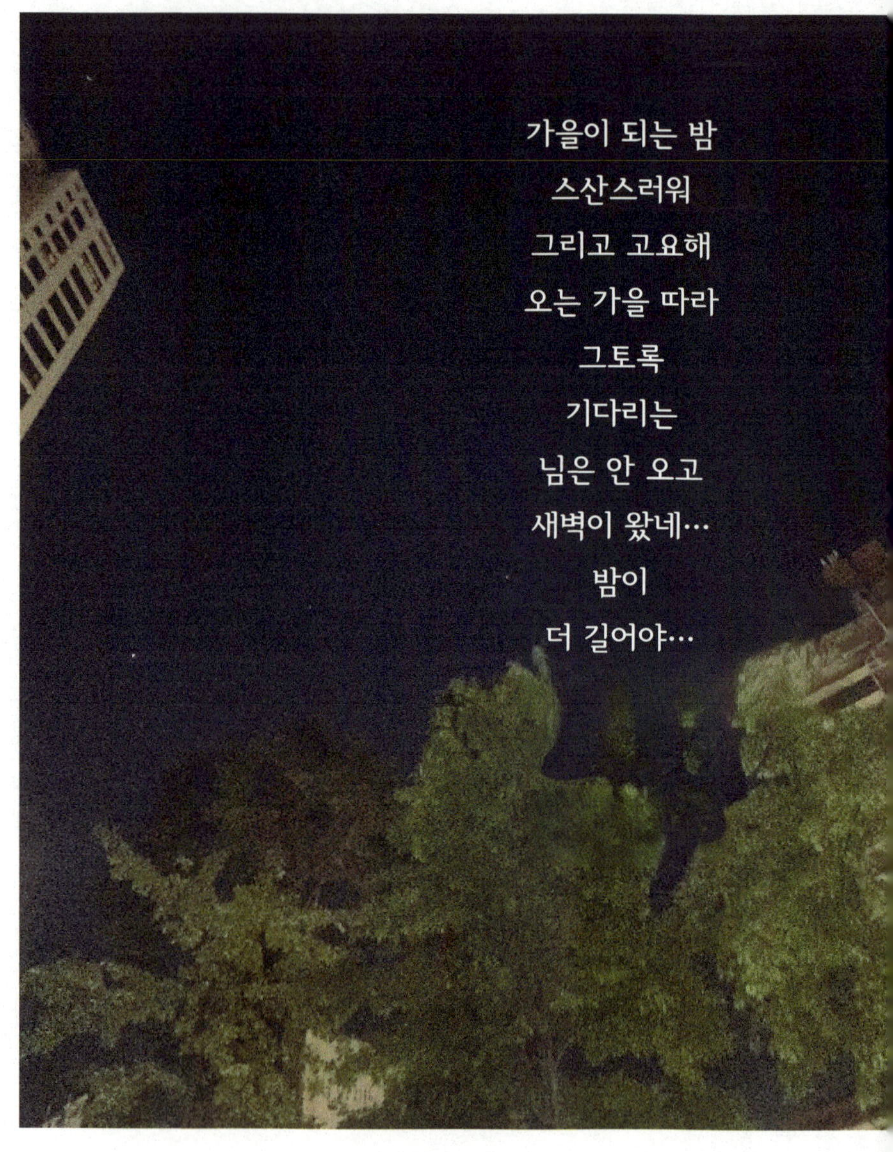
가을이 되는 밤
스산스러워
그리고 고요해
오는 가을 따라
그토록
기다리는
님은 안 오고
새벽이 왔네…
밤이
더 길어야…

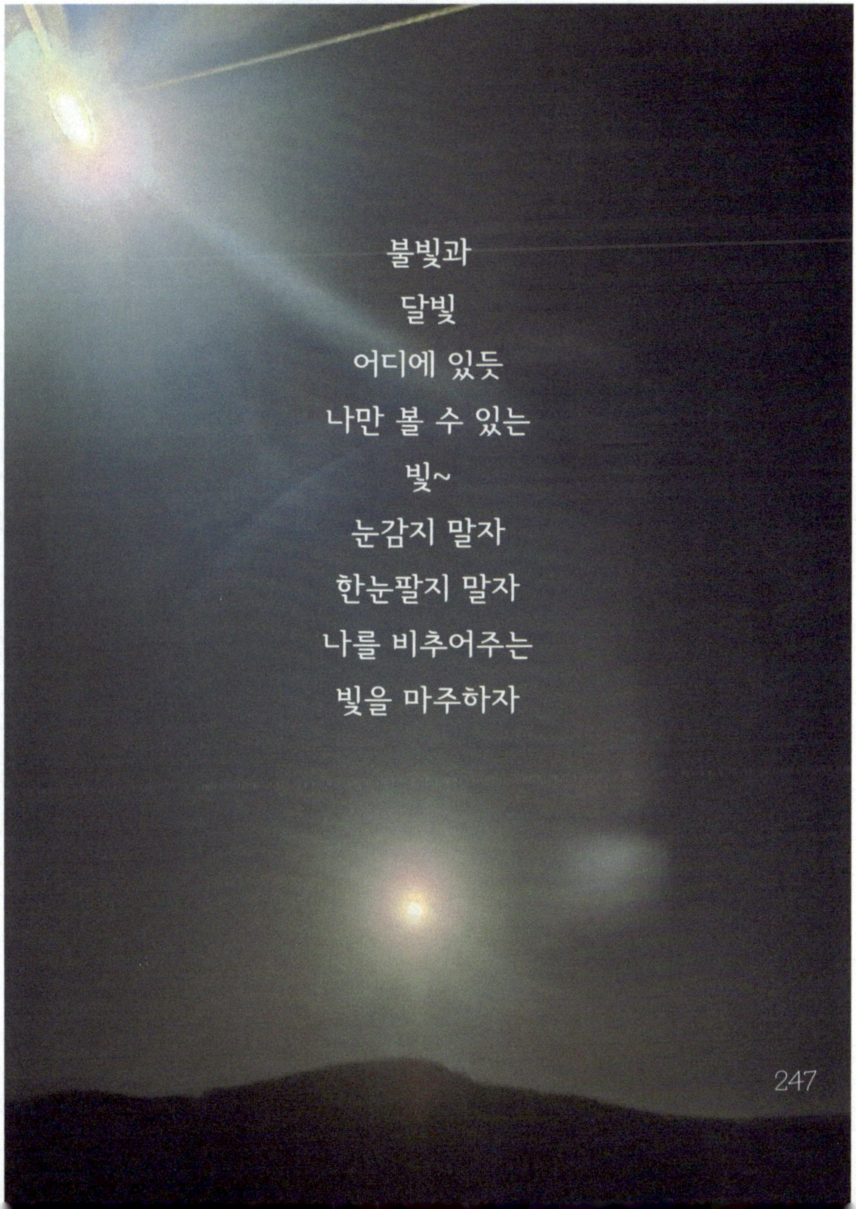

불빛과
달빛
어디에 있듯
나만 볼 수 있는
빛~
눈감지 말자
한눈팔지 말자
나를 비추어주는
빛을 마주하자

이파리가
많을수록
나무는 크고
우뚝 산은
홀로 서있지
않는다…
혼자서
모든 걸 이룬 듯
하나
주변의
도움 없이
이룰 수
있는 것은
아무것도 없다!

전쟁터에서
군인이
이놈 죽일까
저놈 죽일까
고를 수 없다
일터에서
일꾼이
이 일 할까
저 일 할까
고를 수 없다
고르다 보면
죽음과 굶음
뿐이다!

초가을이지만
저녁이라
궁뎅이 시려울 텐데…
서로의 열정 때문일까?
즐겁다네~

어제는
설렘
오늘은
두근거림
만나면
더욱
흔들리게 하는
그대!
그대의 가을에
취하는 나

처음 화이팅은
뭐지?
다음의 선전을
움찔…
그 후의 화이팅은
목례
그그 후 화이팅은
손을 본능적
들고
또다시
파이팅엔
예쁜 목소리로
나와 같은
화~이~티잉~!
삶은 개척하고
허물어지는가
보다~
오늘은 좋은 날!

살랑이는
바람은
완전 소소해
이 무수한
풀잎 속에
그대가 있었네…
기뻐서 한 잔을
좋아서 두 잔을
서로 기쁘고
서로 좋았길~!

추워지기
전에
강물이
얼기 전에
너를
만나리
추워져도
강물이
얼어도
너와
함께하리

여주와 양평을
잇는 이포
남한강줄기…
오붓한
한 쌍의 배는
어젯밤 비에
출렁이는
물결이
잔잔해지길
기다리나…
강물은
기약 있는 듯
서둘러
넓은 곳으로
흐르고…
이 마음은
내 님에게
흐르네…

가을은
어쩔 수 없이
오지만…
어차피
가버려…
이것에
연연하지
말고!
우리의
인연을 가을로
만들어
겨울이
오지 않도록,
하장~

같은
길이였다면
못 만났으리
엇갈리는
마주 오는
길이니
만났지!
이렇게 만난
우리는
소중해야지!
마주치면
서로
뒤돌아보지
말고
한 사람만
뒤돌아
같이 가리

구월을
밀어내고
온
시월은
새벽의 공기가
어깨를 차게
한다!
그들만의
전쟁에
우리들의
마음은
차지 않도록
하자요~!

달도
구름에
가리면
힘이
드는구나…
나는
무엇 때문에
힘이 들까?
시간인 거
같다…
흐르는
기간에
다시 또다시
시작해야
한다…

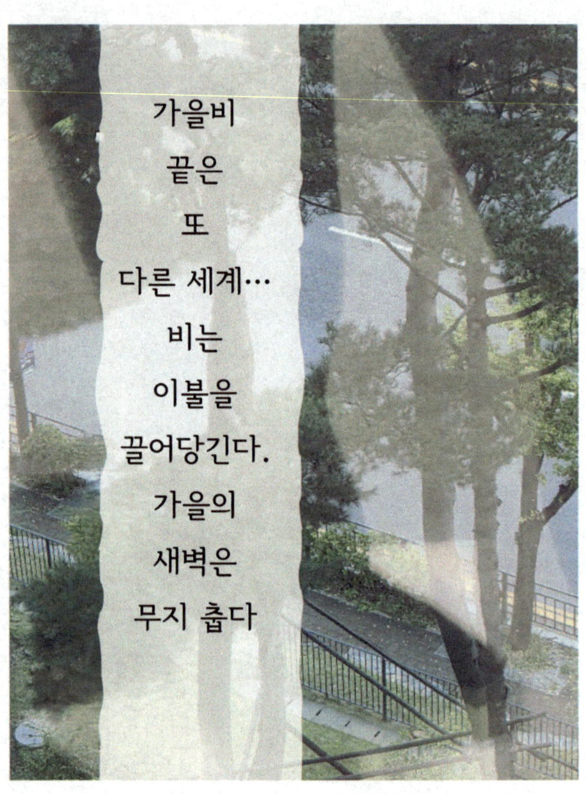
가을비
끝은
또
다른 세계…
비는
이불을
끌어당긴다.
가을의
새벽은
무지 춥다

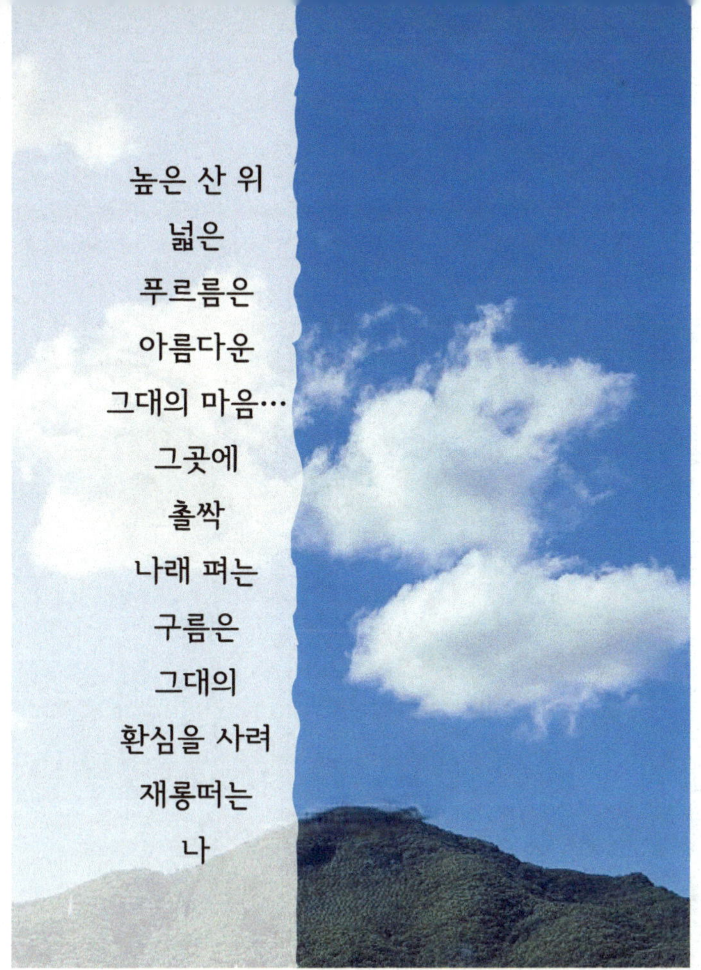

높은 산 위
넓은
푸르름은
아름다운
그대의 마음…
그곳에
촐싹
나래 펴는
구름은
그대의
환심을 사려
재롱떠는
나

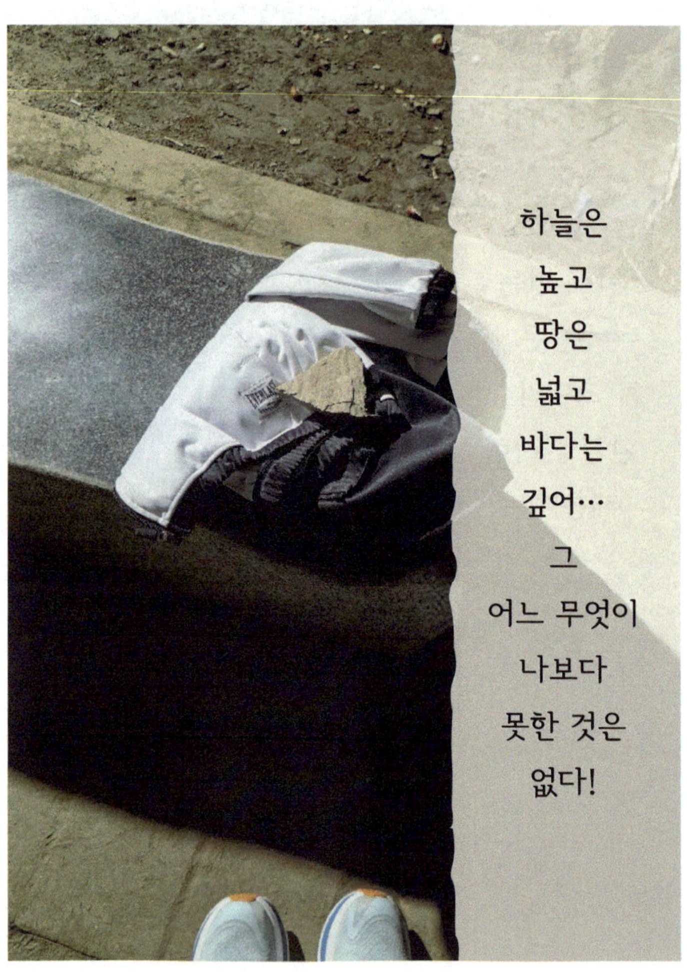
하늘은
높고
땅은
넓고
바다는
깊어…
그
어느 무엇이
나보다
못한 것은
없다!

가을은 늘
가기 전에
겨울을 부르고…
가을 너 간다면
가을 너 버리고
겨울을
맞이하리
그러니까!
왜 그리
화려하려고
했는가?
낙엽 되어
떠나는 것이
가을인가…

푸르던 잎새
얼룩진
단풍 되어
나뒹구네…
떨어진
낙엽을
당신 책가슴…
마음에
거두어
고이
간직해주오!

호박…
자기의
씨앗 애호박을
자신의
푸른 잎으로
감싸면서
애호박이
노릇
익어버리면
자기의
잎새기도
노래지면서
꽃은
계속 피우는 게
늦은 나이에도
사랑을
하는구나…

늦은가을호박

뒤에서
바람 불 때는
몰랐으리…
앞에서
바람 불어
내의뭠이
느려지는
것을…
바람은
공평하게
불어주나
나는
느끼지 못하네…

계절이
지나는
시간은
언제나
아쉽다…
찬바람
사정없이
낙엽을
떨구는
시월의 끝은
유독…
애잔하다…
그래요
한 개의
잎새라도
남게 해주오…

춥기도 하고
덥기도 하고
겨울이에게
희석돼 가는
늦은 가을 들녘…
그 속에
들국화…
밤 찬바람에
산들거리다
따갑햇빛에
반들거리다
하얀 눈이
내리면
노란
들국화는
하얀 눈
머리에 이고
겨울의
마지막 가을 노래
부르리…

가을은
물감도 없이
山川을
붉그락
노르스름
색칠을 하고
물감 방울은
보이지 않는데
색의 무게에
단풍은
매달려있지
못하고
허무하게
떨궈져서
휘날리는데.
왜 이리도
바람은
불어대는지

새장 속의
새는
새장이
답답해
나가보니
먹이
찾기 힘들고!
새장 밖의
새는
먹이 찾기
싫어
새장에
들어가니
자유롭지
못하네…
이렇듯
다른 세상
찾지 말고
현실을
직시하자

푸름과
노랑과
붉음으로
만들어지는
그림 세상
아름다움은
시간으로
채워지니
매일 같이
바라보아야
한다

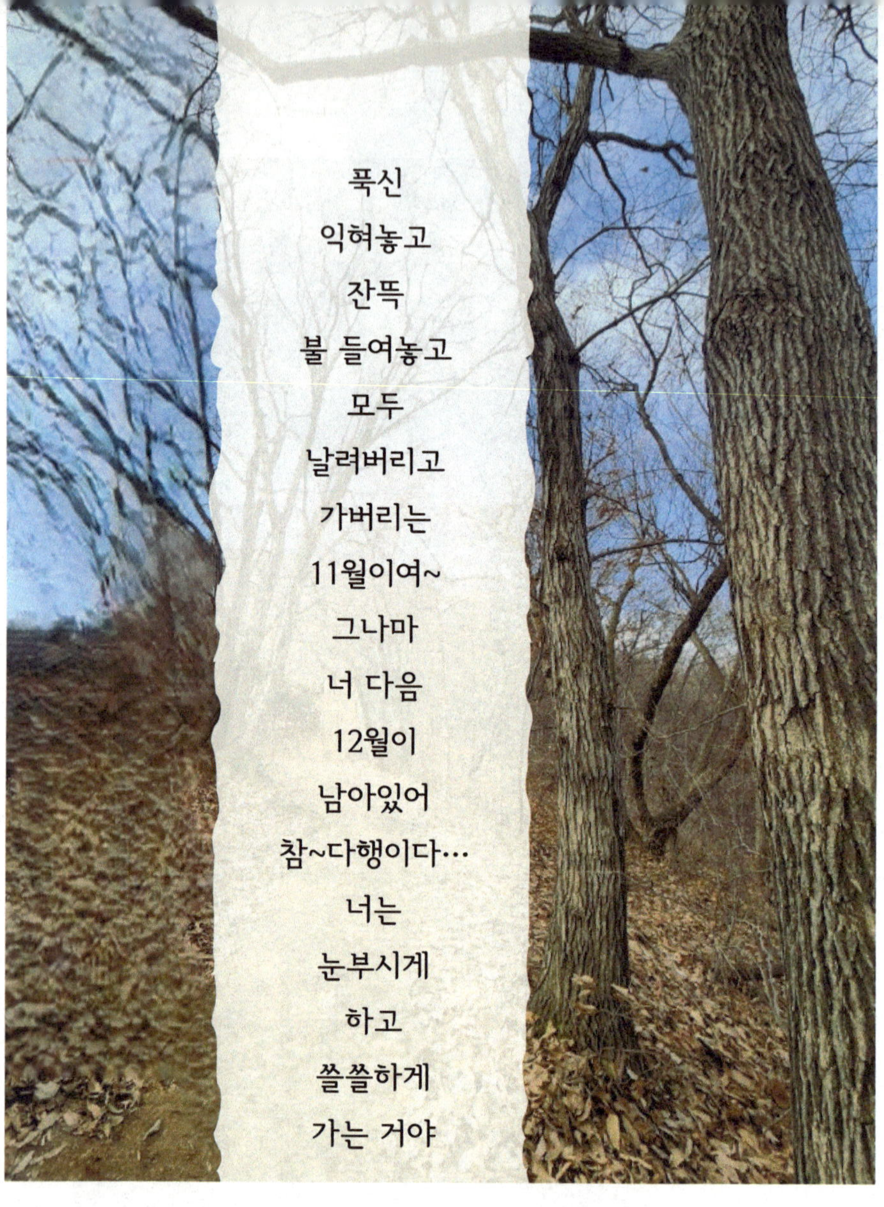
푹신
익혀놓고
잔뜩
불 들여놓고
모두
날려버리고
가버리는
11월이여~
그나마
너 다음
12월이
남아있어
참~다행이다…
너는
눈부시게
하고
쓸쓸하게
가는 거야

펑 뚫린
푸른 하늘
활짝 핀
하얀 벚꽃…
이곳에서
무작정
기다리면
올 거예요
어여쁜 님이
분명히~

소중한
당신에게
하늘의 별은
내 날개 없어
못 따주지만
당신이
가고 싶은 곳
땅바닥에
천 길 맹글어
어디든
함께하리라…

마음 넓은
서해 바다…
옷을 벗은
바다는
부끄럼 없이
내어주다!
가끔은 간지러워
파도도 치지만
바다 품에 있던
바지락은
칼국수를 칼큼하게~
하~네

비는
우산을
적시고
옷깃을
적시네…
비야
홀로 가는
이 사람의
마음도
젖게 해주오…

하늘을 잡지 못하면
어떠리
구름을 담지 못하면
어떠리
하늘을 보고
구름에 말하면
되지~

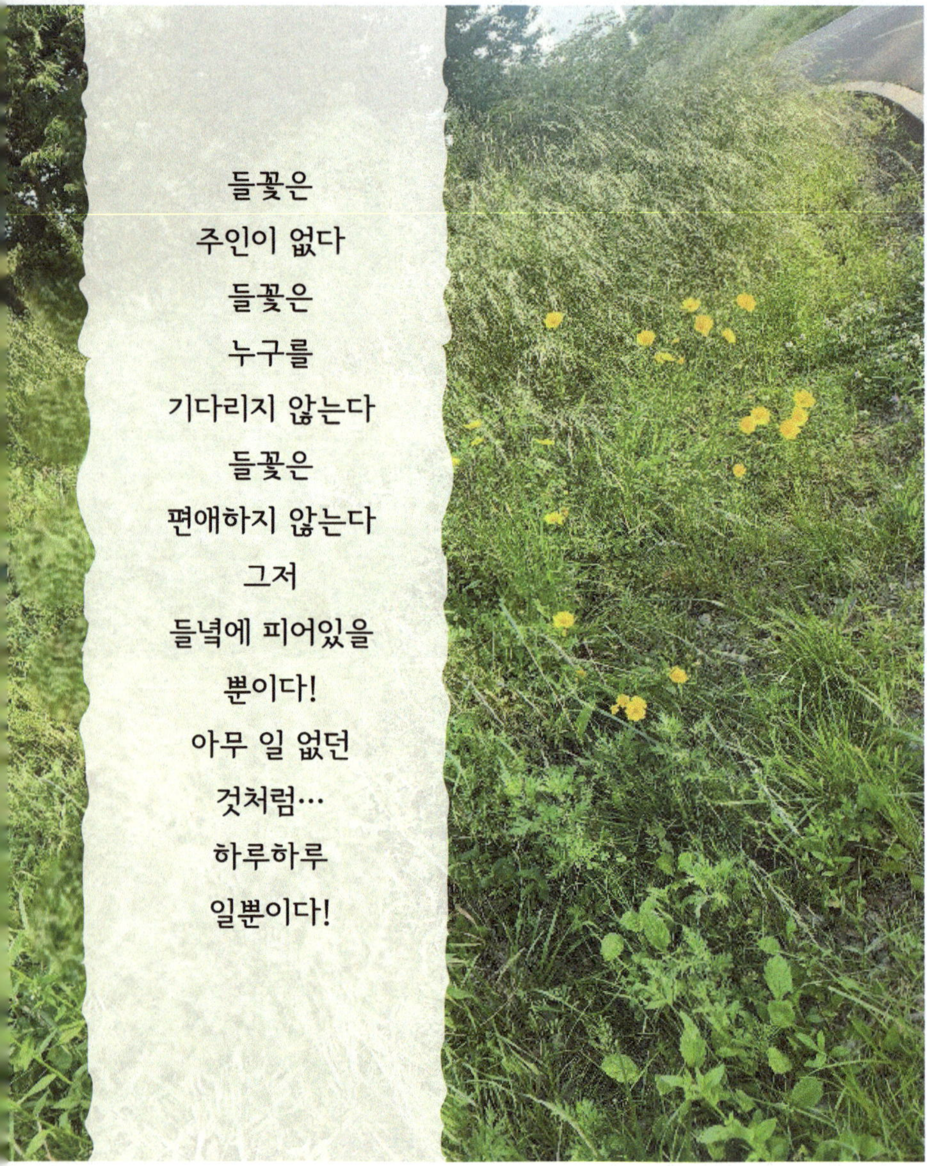

들꽃은
주인이 없다
들꽃은
누구를
기다리지 않는다
들꽃은
편애하지 않는다
그저
들녘에 피어있을
뿐이다!
아무 일 없던
것처럼…
하루하루
일뿐이다!

배움도 젊어서
고생도 젊어서
여행도 젊어서
오늘이 최고로
느끼는 젊음을
최선을 다하자
지금을 소중히

불필요한
나뭇가지는
잘라야 한다
그런데
나무는
스스로
자기 가지를
자를 수 없다…
내가 모르는
것들…
어디에서든
누군가에든
느끼고
배워야 한다

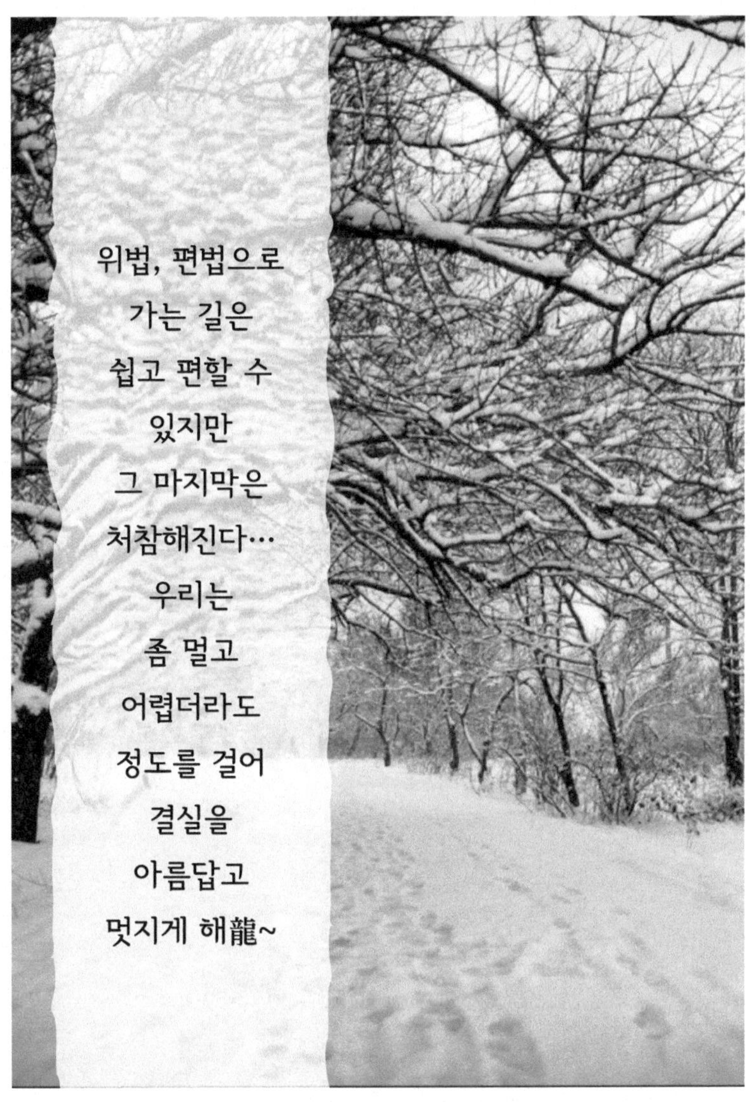
위법, 편법으로
가는 길은
쉽고 편할 수
있지만
그 마지막은
처참해진다…
우리는
좀 멀고
어렵더라도
정도를 걸어
결실을
아름답고
멋지게 해龍~